衛生

リズム&バキューム

福原充則
FUKUHARA MITSUNORI

河出書房新社

衛生

リズム&バキューム

目次

登場人物

役者1　諸星 良夫(もろほし よしお)

役者2　諸星 大(もろほし まさる)

役者3　花室 麻子(はなむろ あさこ)／諸星 小子(もろほし しょうこ)

役者4　代田 禎吉(しろた ていきち)

役者5　瀬田 楢太(せた ならた)／小林旭／共産党員①

役者6　箕倉 時子(みのくら ときこ)

役者7　瀬田 好恵(せた よしえ)

役者8　長沼 ハゼ一(ながぬま はぜいち)

役者9　市民／消防団／長沼の分身／よだれ／近眼／野々村／参列者①／議員／社員②／選手⑥

役者10　市民／桜井／カサゴ／浅野／一幕の市長／議員／社員①／信者①／薄着／選手③／沿道の客⑥

役者11　町人／おじさん／長沼の分身／団長／店長／伝田林／参列者⑧／二幕の市長／やせ我慢／禁煙中／選手④／沿道の客⑤

役者12　神崎／客①／議員／労働者／サウナ店員③／先輩工員／寝不足／駅伝記者③

役者13　汚穢屋／総務／長沼の分身／鶏男／電気屋／歯抜け／参列者②／根暗／

サウナ店員④／駅伝記者①

役者14　吉村／パチンコ客／嶋田／小学生①／中学生①／放火魔／カメラマン

役者15　通訳／教師／双生児／看板娘／猪目子／水虫／労働者／係員

役者16　GHQ／愛猫家／ヘビ女／お軽／参列者③／サウナ店員②／駅伝記者②

役者17　役人／田舎者／長沼の分身／鰐男／パチンコ客／村瀬／ボーイ②／小学生②／
中学生②／サウナ店員①／監督／

役者18　汚穢屋の娘／サザエ／人魚／牛女／参列者④／労働者／レポーター

役者19　市民／タイコ／河童／パチンコ客／靴ずれ／労働者／沿道の客①

役者20　農民／市民／曲芸師／酔客／サンダーボルト／参列者⑨／共産党員④／労働者／
サウナ客／野次馬／沿道の客④

役者21　農民／市民／長沼の分身／エンジェル／酔客／サンシャイン／参列者⑥／
共産党員②／労働者／サウナ客／野次馬／沿道の客②

役者22　農民／市民／長沼の分身／村人／酔客／ボーイ①／漁師②／労働者／サウナ客／
野次馬／選手②

役者23　農民／市民／長沼の分身／村人／酔客／参列者⑤／漁師③／労働者／サウナ客／
野次馬／選手⑤

役者24　農民／市民／長沼の分身／お月様／客②／記者／漁師①／労働者／サウナ客／
野次馬／選手①

役者25　農民／市民／双生児／酔客／ムーンライト／参列者⑦／共産党員③／労働者／
サウナ客／野次馬／沿道の客③

ガランとした舞台。
まだセットの姿は見えない。
が、袖からいくつか町の影が。
客席には単調なビートが流れている。
ゆっくりと暗転。

1 うんこ・おしっこの歴史

明転。
テロップ［嘉永5年／1852年］
いまだ何もない舞台に、汚穢屋の親子がやってくる。父親は樽を積んだ荷車を押している。
後から四斗樽を担いだ町人がやってくる。

町人　……おーい、待て待て。
汚穢屋　あぁ、旦那。先程伺ったんですが、
町人　欲しがってんのはそっちだろ？　運ばせるなよ、俺に。
汚穢屋・娘　（頭を下げる）
町人　さ、この肥、買い取ってくれ。
汚穢屋　へぇ（と娘に合図）。
娘　（桶の重さを確認して）十二文。
汚穢屋　よろしいですか？
町人　せめて帰りにそば喰う分くらいは、
汚穢屋　ですが生憎手持ちが、
町人　おい、駆け引きしようってんなら、次から他所に売るぞ。
汚穢屋　……では十四文でよろしいですか？
町人　手持ちがなかったんじゃねぇのかよ（と言いながらお金を受け取る）。

町人、四斗樽から、荷車の樽へ肥を移す。
その際、飛沫が娘にかかる。
飛沫の音が前奏に……、

娘　あっ！

町人　お、クソがはねたか。大丈夫か？

娘　……。

町人　おい？

娘　♪くそくそぴっちゃん、くそぴっちゃん……

町人　は？

♪くそくそぴっちゃん、くそぴっちゃん……

♪し尿の歴史

農民達が出てきて、肥やし撒きと野菜収穫ダンスを踊り出す。
映像にて、〝し尿処理の歴史年表〟が展開。

娘　♪それほど遠くない昔　うんちはお金になりました
♪肥料になって畑に撒かれ　大きな野菜が育ちます
♪くそくそぴっちゃん、くそぴっちゃん……

映像の年表が「昭和26年／1951年」に。

大根を持ったＧＨＱと通訳、役人が登場。

ＧＨＱ　うん！　日本のラディッシュは甘みがあってエクセレントだ！
通訳　「日本のラディッシュは甘みがあってエクセレントです」
役人　……ぜひ、進駐軍にこちらの畑ごと接収していただけると……、

農民達がＧＨＱの足下に肥やしを撒いていくダンス。

ＧＨＱ　（臭いに驚いて）ちなみにこの肥料は……？
役人　あぁ、これは下肥と言いまして……、
ＧＨＱ　シモゴエ？
通訳　（ヒソヒソと訳す）
ＧＨＱ　ノー！　……二度と私にうんこを喰わせるな！　うんこ禁止法案を作ってやる！

娘　♪それほど遠くない昔　うんちの肥料は怒られました
♪化学肥料が普及して　うんちはうんちになりました
♪くそくそぴっちゃん、くそぴっちゃん……

大・良夫　♪もう誰も買い取ってくれない
♪くそくそぴっちゃん、くそぴっちゃん……
♪たまったうんちは　どこへいく

映像の年表が「昭和31年／1956年」に。
リアカー付き自転車に乗った諸星大（18）と諸星良夫（48）が現れる。
二人とも汚い服を着ている。
汚穢屋の娘、主婦のサザエに早変わりして、

サザエ　あの、待ってくださいな。
良夫　あぁ、奥さん。先程伺ったんですよ？
サザエ　引き返して、うちの、掬っていって頂けません？
良夫　いいですけど。ちょっとお高いですよ？
サザエ　……え、でも、先月値上げしたばかりじゃ……、
大　嫌なら、うんこは持ってけねぇよ。
サザエ　それは困ります。
良夫　奥さんね。昭和も三十年目ですよ？。うんこ片付けて欲しけりゃ金を払う。そういう時代に……（と近寄る）、

サザエ　（飛び退いて）ちょっと！
大・良夫　……（察して傷つく）
サザエ　……すいません。別に汚いとか臭いとか、この服、買ったばかりだからとか、そう
いう意味じゃないんですよ？
良夫　……とにかく金ですよ、金！
大　払えないならうんこするなって話だよ！
サザエ　♪嗚呼　うんこ売りたい
大・良夫　♪なら金を払え
サザエ　♪嗚呼　うんこ売りたい
大・良夫　♪ちんこ　見せたい
一同　♪うんこを捨てるためだけに　お金は払いたくない

市民が現れ、辺りを警戒しながらうんこを捨てるダンス。

サザエ　♪それほど遠くない昔　お金のない人々は
♪うんこの捨て場に困り果て　川や野原に捨てました
うんこ不法投棄時代の到来です！

♪ちょっと昔のうんこの話
♪ちょっと昔のほんとの話

大と良夫が警官の吉村と神崎を連れてやってくる。

大　ほら、あいつらです！

市民一同　!!

うんこを撒き散らしながら市民は逃げ惑う。
それを捕まえようとする警官二人。

良夫　勝手に捨てるな！

大　俺達に金を払え！

一同、大乱闘。
良夫と大は盛大に市民に対して暴力を振るう。

吉村　君達！　暴力はいかんよ！

警官・吉村、今度は良夫と大を取り押さえようとする。
それを見て、市民も加担するが、大と良夫はタフに応戦。

役人が現れ、

サザエ　♪日本中にうんこが捨てられ、政府も困ってしまいました

役人　排泄物専用の下水道管を作り、各家庭から直接、処理場へと流す都市整備が早急に必要かと思います！

大と良夫、次第に劣勢になり、袋叩きに。

サザエ　♪ようやく下水道の登場です（ですが）
♪すぐに普及はしませんでした
うんこを民間の会社に汲み取ってもらう時代がまだもう少し続きます！

大と良夫がすっかりやられて倒れている。

一同が囁くように歌いながら去っていく……。

一同　♪くそくそぴっちゃん、くそぴっちゃん……

ポツンと舞台に残った大と良夫、それぞれ立ち上がって、

大　……親父、

良夫　息子。

大　……腹減った。

良夫　おう。てめぇの垢でも舐めとけ。

大、見得を切って、腕をじゅるじゅると舐めしゃぶる。

タイトル［衛生］

軽快な音楽に乗って、大小の平塚市の町並みのセットが舞台に雪崩《なだ》れ込んでくる。

2 住宅団地

［昭和33年／1958年］

テロップ［昭和33年／1958年］
テロップ［神奈川県　平塚市］
舞台は住宅団地になった。
少し先から波音が聞こえてくる。
区画整理された土地に新築の家が建つ。
が、まだ歯抜けで空き地も目立つ。空き地には「売り地」や「売約済み」という看板も見える。
代田禎吉（34）を押し出すようにガヤガヤと住人達（消防団・総務・教師・田舎者・桜井・おじさん）が出てくる。

禎吉　えーみなさん、お静かにお願いします。
消防団　話が見えてこないんだよ。
禎吉　ですから、今、説明しますので。
総務　君さぁ、こういう時は、説明〝します〟じゃなくて〝致します〟と言うべきじゃないのかなぁ？

禎吉　……説明致します。
教師　〝ご説明〟じゃない？
禎吉　ご説明致します。
総務　君は言葉を知らないね。私は営業職だけど、
田舎者　あの、時間ないんですけど……、
総務　だってこの人が、
禎吉　すいませんすいません。（一同に）えー……、国の方で、「し尿処理基本対策要綱」というのが発表されているのは知ってますか？
総務　〝ご存じですか？〟
禎吉　ご存じですか？
一同　（知らなそうにざわざわ）
禎吉　排泄物を海や河川に捨てず、下水道というものを整備してそこに流していきますよ、という計画だとご理解ください。
総務　〝ください〟？
禎吉　ご理解……、致してください。
総務　〝ご理解いただけますと幸いです〟
禎吉　……（途中から一緒に）〝……わいです〟。
総務　そう。

禎吉　えー……、しかし、みなさんの、

教師　〃みなさま〃

禎吉　みなさまのこの平塚、湘南分譲地が整備された時にはまだこの計画はありませんでした。

消防団　〃ございませんでした〃

禎吉　ございませんでした。当然、みなさん、みなさまが、一生懸命、お月賦でお買いなさったお家のお手洗い様はお下水管殿とおつながりになられておりませんよね？

総務　全然ダメだぞ。

禎吉　自覚あります。……とにかく、こんな時に頼りになるのが汲み取り業者、（胸のネームを見せて）諸星衛生です。

教師　諸星衛生……？

一同　（ざわざわ）

田舎者　あの、そういう話でしたら、

安っぽいが、シャツにネクタイ姿に変わった大（19）と良夫（50）が現れて、

良夫　禎吉、終わったか？

禎吉　社長……、……まだ触りだけで、

良夫　お前な……、

おじさん　ちょっと、よろしいですか？

禎吉　なんでしょう？

おじさん　ここらの汲み取りは、全部まとめて瀬田肥料って会社にお願いしたんですよ。

良夫　じゃあ契約し直しましょう。

おじさん　いや、ですから、

良夫　だって、うちの方が安いんですよ？　安いってことはつまり、あなたの財布に金が沈殿してよどみになる。（笑って）好きでしょ？　金のよどみ。

一同　……？

桜井　（ずいと出てきて）瀬田肥料さんがね、こんなこと言ってましたよ。

禎吉　……あ、

桜井　後からきっと諸星衛生という会社が来るので気をつけろ、と。

良夫・禎吉　……。

大　（禎吉に）おい。

大の合図で、禎吉がその場をコソコソと離れる。

大　……あのな、瀬田肥料って、社名に〝肥料〟がついてんだぞ？　つまり、あんたらから集めたうんこをそこらの畑に撒き散らすわけだ。
良夫　対して我々は、排泄物を速やか、かつ衛生的に処理すべきものとして考えています。
大　そう。
良夫　みなさんは、海辺の真新しい分譲地に、ピカピカの家を建てた。新しい生活にふさわしいのは、どちらの会社だとお思いですか？
住人一同　……。

と、瀬田好恵(35)と瀬田檜太(45)と秘書・愛猫家が現れて、

檜太　諸星さん、……嘘はやめてくださいよ。
良夫・大　……。
檜太　確かに私達は下肥から始まった会社ですけどね、今は回収の専門業者ですよ。
良夫　瀬田さん。商談中です。
檜太　だから契約は済んでるんだ！
大　(倍の声量で)大声だすんじゃねぇよ！！！
檜太　えぇ……、
好恵　……諸星さん。私達は確かに商売敵です。でも、同じ業界で、同じことを飯の種にして生きている仲間だとも言えます。無益な争いは共倒れになるだけですよ。そも

そも市内の商圏人口を計算すると我々は充分共存可能で……、

大　話が長ぇよ。２行以上喋るな、バカ。

良夫　社長の女がでしゃばって……、

愛猫家　女って……、奥様ですよ！

檜太　はいはい、みなさん、これが諸星衛生さんの本性ですよ。

大　汲み取り業者に人格求めてねぇよな？

好恵　汲み取り業者は定期的にお宅にお邪魔します。怪しい人に出入りされたくないですよね？

住人一同、ざわざわと相談し始める。
一同の中から請われるようにおじさんが出てきて、

おじさん　……我々としては、やはり先に契約した瀬田肥料さんを優先したいと思います。改める理由もありませんし。

大　理由はだから金……、

好恵　もういいでしょう、お帰りください、後は私達が。

大　聞けよ！

住人一同、怖じけづいて留まるが、桜井だけ去りかける。

桜井　……聞く必要ないですよ。行きましょう。
良夫　え、帰るんですか？　桜井さん。
桜井　はい。……え？
良夫　契約してくださいよ。
桜井　今、私の名前を呼びました？

♪諸星親子のテーマ（前段）

音楽が滑り込んでくる。

良夫　♪桜井さん　ですよね？
桜井　……どうして私の名前を？

遠くからサイレンの音。
主婦のタイコ、駆け込んできて、

タイコ　♪桜井さん！　あなたのお家が燃えてます！
桜井　はぁ!?
良夫　♪えぇ!?　平塚市八幡谷●－●－●の桜井さん宅が燃えてるんですか？
大・良夫・禎吉　♪そんな馬鹿な！
桜井　……あんたら、
タイコ　♪早く！

桜井とタイコ、慌てて去って行く。
住人一同、桜井を追いかけようとするが、戻ってきた禎吉が遮り、

禎吉　♪みなさん　どちらへ？
消防団　だって、火事……、
禎吉　♪その前に　よろしかったらうちの契約書です。（契約書の束を取り出す）
住人一同　……。（なにが起きているのかを察する）

総務、一間をおいて契約書に群がりかける。

好恵　ちょっと！

檜太　あの、みなさん、落ち着いて、

大　そうだ、たったいま値上がりしましたけど、あしからず。

サイレンの音が大きくなる。

住人達、それを聞いて改めて契約書に群がる。

好恵　（良夫と大を睨む）

良夫・大　（ニヤリと笑う）

大　では、この住宅団地は諸星衛生で頂きます！

♪諸星親子のテーマ（うんこ）

大　♪逃れられない　やめられはしない

良夫　♪死んで消えるまで　続く

良夫　うんこは一生、するんだからよ。

大　♪諦めろ　身をまかせていけ
　　♪とりついている　おまえに
良夫　♪受け入れろ　カルマ背負うのさ
　　♪みんなだって　やっている
大・良夫　♪（だから）金払え　金払え　金払え
　　♪俺らに
　　♪金払え　金払え　金払え
　　♪いついつまでも

歌が間奏に入る頃には、良夫と大、住人達の姿は消え、好恵、檜太、愛猫家が残った。
愛猫家、契約書を拾って、檜太と好恵に渡す。

檜太　……見ろ、こんな金額で契約し直して。……怖いならサインする前に警察行けよ。
好恵　仕方ないでしょう、あの人達は学がないんだから。
檜太　あぁ。諸星みたいな連中がいると業界自体の、

好恵　そうじゃなくて、市民のみなさんが。
檜太　え?
好恵　頭が悪い人の方が多いんだから。私達の導き方が下手だったんだと思う。
檜太　……あぁ、
好恵　人って同じレベルで引き合うから。バカはバカに騙されるってことを忘れてた。
（ちょっとかわいく）反省、反省。

3　諸星衛生の事務所

汚い事務所。雑然と物が置かれている。
諸星衛生の事務員の花室麻子（35）が警官（吉村・神崎）の応対をしている。
その脇に住人の桜井が、先程の慌てぶりとは打って変わった表情で立っている。

麻子　……ですよねぇ、
吉村　いや、「ですよねぇ」じゃなくて。居場所を教えて下さいよ。
麻子　教えます。教えますよ。お巡りさんに言われたことはなんでもします。
吉村　なんでもしなくていいから、社長さんと息子さんの居場所だけ教えて。

麻子　……。
吉村　……（ため息ついて）社長さん達がね、（桜井を指して）こちらさんのお宅に放火した疑いがあるの。
桜井　……。（会釈）
麻子　それはすいませんでした。他には何か？
吉村　え？
麻子　謝ります。他には何か？
吉村　……あなたが謝ってもしょうがないでしょ。
麻子　そうです、私の謝罪には何の価値もありません。
吉村　いえそんな……、
神崎　……一応、あなたのお名前も確認していいですか？
麻子　花室麻子。35歳。偽名です。
神崎　……は？

と、政治家の長沼ハゼ一（50）と秘書・箕倉時子（36）が入ってくる。

長沼　……ん？
神崎　あぁ、ちょっと外で待っててもらえる？

吉村　……長沼先生!
長沼　あ、うん。
箕倉　ご苦労様です。お帰りになってください。
神崎　いやだから、
吉村　(神崎をこづく)
神崎　なんですか?
吉村　あ、平塚署の吉村です。帰ります。
神崎　はい?
箕倉　(敬礼して、出口に促す)。
吉村　……それであの、私の実家なんですけど。
箕倉　実家?　……(察して)あ、はい。
吉村　袖ヶ浜の方で福得園って中華やってまして。二階に座敷も……、
箕倉　では、後援会の集まりなどで使わせて頂くことがあるかと思います。先生?
長沼　あ、うん。
吉村　ありがとうございます!　ほら、お前も。
神崎　でも、
吉村　こんな機会、滅多にないぞ。
神崎　……神崎です。実家は花水川の橋の……、あ、箱根駅伝の、中継所の裏側なんです

けど、おふくろ、足悪いんで、家の前にバス停があったらいいなって、
吉村　バカ、そこまではあれだよ。
神崎　え、だって、
長沼　（それぞれと握手して）神崎巡査。吉村巡査長。お二人の御意見は、この長沼、しっかりと胸に抱いて、政治道を邁進させていただきますので、今後ともどうかご贔屓、お引き立てのほどを、ひとえにお願いを申し上げる次第でございます。（次第にむにゃむにゃと）
箕倉　はい、お帰りこちらでーす。

警官達、出ていく。
事務所には麻子と桜井が残った。

長沼　……どうにかなりますか。
箕倉　もちろんです。（麻子に）あなたも、ご苦労様。
長沼　花室さん。
箕倉　はい？
長沼　花室さんだよ。覚えなさい。
箕倉　（長沼に変な姿勢で頭を下げ）花室さんもご苦労様です。

麻子　（会釈して）お茶を……、
長沼　いえいえ、お構いなく。
桜井　……言われたとおりにしたんですよ？
長沼・箕倉　……。
桜井　一言えば十を知ってくれると思ったんですけど、あの警察達、察しが悪くて。
箕倉　（無視して麻子に）契約の方は？
麻子　海辺の分譲地は全員、うちと契約したそうです。
箕倉　だそうです。
長沼　……私も約束を果たさないといけないね。
箕倉　にしても諸星さんも相変わらずですね。
桜井　まぁ一軒まるまる燃やすのはねぇ。
長沼　……。
桜井　いや、すごい迫力でしたよ。あの、焦げた柱！、あれ、しばらく残しておくと恐怖心を煽れるんじゃないですか。これからも言うこと聞きますよ、あそこの連中。
長沼　……（箕倉に）この人は？
桜井　え？
箕倉　ですから、燃やす用の家の、住人役ですよ。
長沼　あぁ、ご苦労様です。

桜井　俺の名前は覚えてくれてないんすか？
長沼　（返事をせずに、箕倉に）おい。
箕倉　……（麻子に）あの、お茶まだかしら。
麻子　あ、先程、お構いなくと仰られたので、遠慮されてるだけだと思ったのですが、一方で、実際にお茶が苦手で言っているのかもと思いまして、もう一度催促されてから淹れようと思っていましたので今から淹れます。
箕倉　……はぁ。

麻子、事務所の奥へ茶を淹れに行く。

桜井　……（ボソッと）お茶なんかいらねぇよ。
長沼　（桜井に）君。そっち、持ってもらえるかな？
桜井　はい？
長沼　（構わず）せーの。
桜井　あ。（慌てて机を持ち上げる）

長沼と桜井、事務机を持ち上げる。

長沼　もういっちょ、せーの！
桜井　え？

長沼、そのまま机を壁に押し込む。
桜井が壁と机に挟まる。
長沼、机を押し込んだまま、

長沼　セロテープ。
箕倉　はい。（昭和な重いセロテープ台を渡す）
長沼　ほい！（セロテープ台で桜井の頭を殴る）
桜井　痛っ……、ちょ、あの、
長沼　ほい！　ほい！　ほい！（どんどん殴る）……重い。
箕倉　えっと、他に、

桜井、暴れて机を押し返す。

麻子　お待たせしまし……、

箕倉、湯飲みを取って、桜井にかける。
桜井、熱さでひるむ。
長沼、素手で殴る蹴る。
が、桜井はなかなか死なない。

長沼　……疲れちゃった。
箕倉　代わります。
長沼　うん。

箕倉、椅子を振り上げる。
その最中に、崩れ落ちて死んでいく桜井。

箕倉　（椅子を振り上げたまま）……終わりました。
長沼　生きてるよ。
箕倉　……そうですか？（確認して）終わってるかと。
長沼　しっかりトドメを刺しなさい。人は意外としぶとい。
箕倉　そういうものですか？
長沼　あぁ、（とそのまま歌へ）

♪長沼のテーマ

兵隊の格好をした長沼の分身が数人現れ、踊り出す。

長沼　♪トドメは派手に刺しなさい　人はなかなか死なないものさ
♪化けて出てこれないくらい　魂を踏みにじりなさい

分身　♪23で満州　25で帰国　山形で米を育てて四年
♪29でまた召集　第十二連隊第三大隊本部付き

舞台は戦時中の若き長沼が歩哨に立っているシーンへ。

長沼　♪揚子江は星だらけ　敵の姿はどこにもなし
♪歩哨に出ても釣りばかり　その日もナマズを八匹ばかり
♪午前2時を過ぎ　パラパラと豆を撒くよな銃声が
♪なにやら股間が温かい　見れば金玉　撃ち抜かれてた

長沼の分身、倒れ込み、そしてまた踊り出す。

♪血の匂いに誘われた　蚊の大群に囲まれて
♪身体の形が変わるまで　刺され続けて朝が来た
♪涙ふきふき身体をかきかき　落ちた金玉探したが
♪転がってたのは　仲間の死体が　十七、八

♪自分を嫌いになったら　本当の私は金玉の方で
♪今もあの日の川底で　蟹につつかれ　泡と戯れ
♪ひっそりと暮らしている
♪そんな空想だけが毎日を　進めてくれる～～！　Oh Yeah

箕倉　♪なにか　欠けたまま　笑顔　忘れたままの
♪先生の　一部になりたくて　先生の金玉に　なりたくて

長沼　♪トドメは派手に刺しなさい　人はなかなか死なないものさ
♪金玉撃ち抜かれても　生きてる奴もいるのだから

大が現れて、歌はプツリと終わって、舞台は事務所に戻る。

大　え……、またですか？

長沼　おぉ。大君。火傷とかしてないか。

大　殺す必要あったんすか？

長沼　うん？　うん。……君の出番だ。

大　勘弁してくださいよ。

長沼　……。（妙な迫力）

大　……ま、やりますけど。

ドンと音がして、一同が振り返ると、いつのまにかセロテープ台を手にした麻子が、桜井にトドメを刺していた。

麻子　（一同の視線に気づき）……あ、トドメを。

大　……見返りは？　俺の欲しいものの話はどうなったんすか？

長沼　箕倉君に。

大　俺は！　平塚市民全員のクソが欲しいんだ！

箕倉　汲み取りを行政で受け持つ方針は変わりません。焦らなくても平塚市の指定業者として、指名させていただきます。

大　そうなれば、人がクソをしなくなる日が来るまで金が入る。つまり永遠だ。

箕倉　仰る通り。

大　俺に金が流れ込むようにしとけば、あんたらだって入り用の時に助かるって話だろ?

箕倉　(答えずに)ではこの辺で。さ、先生。

長沼　社長さんによろしく。

大　……お疲れ様です。

長沼と箕倉、去っていく。
入れ替わるように禎吉がやってくる。

大　禎吉。

禎吉　どうして長沼先生が……、(察して)え……、またですか。

大　おぉ。お前の出番だ。

禎吉　……勘弁してくださいよ。

大　……。(妙な迫力)

禎吉　……ま、やりますけど。

大、去っていく。

禎吉　（麻子が手にノコギリを持っているので）ちょっと、俺、やりますから。
麻子　いつも任せっぱなしなので。
禎吉　大丈夫ですって。
麻子　使えない女だと思われたくないので。
禎吉　そんな風に思わないですよ。
麻子　もちろん使える女ではないですけど。
禎吉　……麻子さんは仕事できますって。
麻子　いいえ……、私は……、

♪麻子のテーマ

麻子　♪可もなく不可もなく
禎吉　そんな謙遜を……、

麻子　♪……美しく
禎吉　……あぁ、

以降の歌の中で、禎吉は桜井の死体をバラバラにしていく。

麻子　花室麻子　35歳　嘘の名前で生きてます。
♪生まれは　岡山の西可母です
♪山あいの痩せた土地　人も獣も痩せていて
♪女を大事にする村でした

村人が数人現れて、夜這いの踊り。よだれ男、前に出て、

よだれ　よぉカズエ、一番槍は俺だな。
村人達　(口々に) じゃあ二番槍は俺だ／俺が二番だ／三番槍でも構わねぇぞ。
麻子　♪村の娘は14になると　夜這いを受けて　大人になる

村人　♪女は村の宝です　宝はみんなで大事にします
　　　♪女は村の宝です　宝は村から出しません

村人達、重い格子戸を閉め、鍵を掛けてしまう。

麻子　……それから冬がひとつ過ぎる頃、村にとある一座がやってきました。

麻子の視線の先に見世物小屋の団長が現れる。

団長　……さぁさぁお立ち会い、冥土の土産、妙なる調べ、だまされたるべと、嚆矢《こうし》はなんでもよろしいですから、どうかぎょろ目まなこでご覧下さい。奇妙、珍妙、面妖、怪奇、不思議、不可思議、弘法大師、ありとあらゆるこの世の狂逸をご覧にいれてみせまっしょい！　さぁ太夫さん方、いらっしゃい！

女ばかりの見世物の太夫（ヘビ女、人魚、河童、曲芸師、双生児）が踊り、芸を見せる。
麻子にとっては、太夫達は、自らの芸で金を稼ぎ、国中を旅してまわる自立した女に見え、魅了される。

見世物　♪昨日もないけど　明日もない
　　　　♪明日もないから　怖いもない
　　　　♪村から村へ　朧《おぼろ》に溶けては　旅をする

麻　子　お願いがあります！

見世物一同　!?

麻　子　♪この世の　向こうへ　かきだして　かきだして
　　　　♪まだ見ぬ　出来事に　まきこんで　まきこんで

見世物　♪泣いても帰れない

麻　子　♪帰れない場所まで

見世物　♪どこへも行き着かない

麻　子　♪野垂れ　野垂れたいの

見世物一同が麻子をコソコソと連れ出す。

麻子・見世物　♪遠く　かすんで　たまに　よぎる

♪点滅したのち　いつしか消える

良夫が現れ、団長と話し始める。

麻子　私は小雀《こじやく》太夫と名付けられ、神戸、大阪、京都、郡上八幡《ぐじようはちまん》から名古屋に下り、沼津、三島、湯河原辺りでなんとか半人前に……と思った矢先、箱根の湯治場で、今の社長に売られました。

団長　おい、小雀。今日からこの人の世話になれ。

良夫　……。

麻子　なんてことはありません。団長は人買いで、田舎の村で一座に加えた女子供に道中で芸を仕込み、帰れないくらい遠くの土地まで連れていってから、売り払うのでした。

「♪し尿の歴史」のフレーズが一瞬、挿入。

麻子　♪ちょっと昔のほんとの話
♪ちょっと昔のにほんのほんと

麻子　それでも私は、宝という名の奴隷でしかなかった時に比べて、人としての値段がついたことを嬉しく思いました。
良夫　平塚はわかるか？
麻子　（首を振る）
良夫　東海道をまっすぐだ。それと、

良夫、麻子に鉛筆と紙を机に叩きつけ、

良夫　知ってること、全部書け。
麻子　……社長が求めていたのは、見世物小屋の秘密でした。私ひとりを買って、見世物小屋の全ての芸を盗もうとしたのです。しかし、私は河童のミイラの秘密も、双頭の牛の秘密も、なにも知らなかったので、
良夫　♪値段に見合わぬ娘っこ　木偶《でぐ》を買ってしまったか
♪餌代はやる　せめてその分、働けよ
麻子　……お邪魔にならぬよう、隅っこで生きさせて頂きます。
♪可もなく不可もなく　……（せめて）美しく

歌の最中に、舞台はそのまま養豚場へと変わっていく。

再び禎吉が現れ、バラバラになった桜井を運んでくる。
歌は、麻子の歌からそのまま禎吉の歌へと流れていく。

4 養豚場

♪禎吉のテーマ

禎吉　麻子さん……、どんな境遇を聞かされても、僕の思いは一層強くなるばかりです。
♪僕はいつも君を見てる
♪君は僕を　見ないで

桜井の死体は養豚業者の鶏男と鰐男に引き渡される。

禎吉　♪僕が好きな　君の瞳には

♪僕が嫌いな　僕を映したくない
♪僕が好きな　君の口から
♪僕の名前を　呼んで欲しくはない

お月様とエンジェルが現れ、踊り出す。

♪まるでほら　お月様
♪はたまたもう　エンジェル
♪約束さ　ここには　降りて来ないで

♪僕はひとり　君をみてる
♪僕はひとり　I'm OK
♪僕はひとり　似合ってる
♪君は僕をみないで

♪（yes I'm alone）
♪僕はひとりが似合ってるんだ
♪（yes I'm alone）

♪ひとり、ひとり、ひとりきり
♪（yes I'm alone）
♪僕はひとりが似合ってるんだ
♪（yes I'm alone）
♪ Ohh Yeah

禎吉と鶏男と鰐男、桜井の死体を豚に喰わせようとする。
その後をついていく麻子。
鶏男の妻・牛女が現れて、

牛女　ちょっと待ちな。
禎吉　あ、奥さん。あの、
牛女　最近多すぎじゃない？
禎吉　すいません。
牛女　人喰わせるとさ、肉が臭くなるんだよ。
禎吉　味噌漬けにするのはどうでしょう？
牛女　（殴る）

禎吉　！
牛女　どう料理するか決めるのは客だから。
鶏男　お前なぁ……、
牛女　あんたが甘やかすから、舐めてんだよ。
鶏男　禎吉さんも大変なんだって。
禎吉　すいません。……あの、これ。（と金の入った封筒を出す）
牛女　目の前の金にとびつくほど困ってねぇんだよ！
禎吉　……すいません。（ともうひとつ封筒を出す）
鰐男　まぁ、困ってねぇけど、いつか困った時の金は必要だわな。

鰐男、禎吉の手から封筒を取り、牛女へ。

鰐男　（封筒を差し出して）おかみさん。
牛女　……（禎吉の財布からも札を抜き）好きにしなよ。
禎吉　失礼します。

禎吉、桜井の死体を豚にやる。
豚が死体に群がって食べ出す。

牛女　誰！

と、物陰から瀬田肥料の秘書・愛猫家が現れる。

愛猫家　……（臭いに顔をしかめながら）社長、早く、ほら！

続けて、物陰から楢太と好恵が現れる。

楢太　ちょっとお時間いいかな？
禎吉　失礼します。
楢太　おい！
好恵　いいの？　豚の食べ残しが見えてるけど。
禎吉　……。
鰐男　（わざとらしく）あれ、なんだこれ。お前ら、なんかいれやがったな！
禎吉　……あ、いや、
鰐男　俺、間違ったこと言ってるか？
禎吉　……言ってません。

愛猫家　（養豚業者達に）よろしかったら、この件について関知していない方は外して頂いても……？

養豚業者達、そそくさと去っていく。

楢太　さて、なにから話そうかな。
好恵　（遮って）取ってきなさい。
楢太　え？
好恵　（麻子に）豚が食べてるものをここに持ってきなさい。
麻子　……。
好恵　出来る？
麻子　……はい。
禎吉　……麻子さん？

麻子、桜井の死体の腕を拾ってきて、

麻子　取ってきました。
好恵　〝取ってきました〟じゃないでしょ？　わかってるの？

麻子　え？
好恵　諸星親子に言われるままにこんなことして、あなたも同罪になるのよ？
麻子　そんな、私ごときが社長さん達と同罪だなんて、恐れ多くて、
好恵　なるの！　あなたも同罪なの！
麻子　いえいえ、滅相もない。
好恵　（禎吉に）……あなたもそう思っているの？
禎吉　……捕まる時は一緒でしょうね。
好恵　それは嫌でしょ？
禎吉　嫌というか、嫌ですけど、……何を仰りたいのか、
楢太　二人ともうちで働かないか？
禎吉　……え!?
好恵　その代わり、諸星親子にやらされてきたことを洗いざらい話して欲しい。
禎吉・麻子　……。
楢太　仮に実刑になっても、出てきた後の仕事は保証するってことだ。
禎吉　……そんなこと、
好恵　迷うことなのかな？　このまま私達に通報されて犯罪者になるか、悪徳会社を告発する英雄になるかの二択なのよ？
禎吉　……英雄になれますかね。

檜太　諸星親子のやり方が気にくわない人は平塚に沢山いるぞ。
麻子・禎吉　……。
好恵　それに……、女の子がちぎれた腕を平然と持つようになるってどんな会社なの?
麻子　……。

好恵、野良猫をあやすように、そっと麻子に触れ、優しく撫でる。

好恵　無理してきたんだよね?　……もう大丈夫。うちにおいで。

麻子、そっと離れて、

麻子　……どちらも一緒ですから。
好恵　え?
麻子　瀬田の夫婦さんも諸星の親子さんも村の人も団長さんも、みなさん、別の人間だと思ってらっしゃるようですが、
檜太　村の人?
麻子　私からしたら、命令する人はみんな同じです。見分けがつきません。
好恵　命令じゃなくて提案ね?

麻子　（徐々に国の言葉が出て）あなた達が、ウチを、名前《なめぇ》のねえ、虫ケラじゃわゆーて、十把一絡げに思うとるようになぁ、ウチもあんたらを、いっこの、泥団子の塊じゃ思うとるけぇ。

好恵　（顔色を変え）……つまり、言うこと聞くつもりはないと？

麻子　……。

好恵　ん？

麻子　……いえ。どの泥団子の言うことも聞きますよ。

麻子、去りかけて、

檜太　ちょっと⁉

麻子　さっと話して済むような話じゃないですから。日を改めていつでも聞きにきてください。

好恵　……約束ね？

麻子、返事をせずに去っていく。
慌てて後を追う禎吉。

愛猫家　……なんですか、あれ。奥様がせっかく差し伸べた手を、ぞんざいに払うような態度で許せません。
好恵　言ってるでしょう？　あの子達は悪くない。あの子達の頭が悪いだけ。
楢太　バカを憎んで人を憎まず、か。君は人格者だな。愛してる。
好恵　愛されてる。
愛猫者　ですけど、汲み取り業界への悪影響を、あの二人は認識できてるのでしょうか。私には勉強不足としか、
好恵　いいえ、

♪好恵のテーマ

好恵　♪馬鹿なまま　でいいの　私が学ぶから
♪弱いままで　いいの　私が強くなるから
♪サーチライト　見上げてごらん
♪私は照らしたい　この町を
♪私は救いたい　おつむの弱い人達

衛生

♪教えてあげる　正しい世界
♪手の鳴る方へ　光の方へ
♪一般市民のみなさまに　oh 祝福あれ

♪……だけど　少し　むなしくなる時もあるよ
♪私の優しさに　気づけない人が多すぎて

鶏男と鰐男が警官の吉村と神崎を連れてくる。
警官二人、楢太に声をかける。
死体の腕について尋問しているようだ。
楢太、否定しているようだが、神崎は手錠を出す。

好恵　♪光、まとい　微笑んで
♪この町を救うのは　わたし
♪ひざまずき　ぬかずいて
♪この町を救うのは　わたし

神崎、楢太を連れていく。

秘書の愛猫家、慌てて逃げていく。

吉村、愛猫家は追いかけず、好恵に近づいていく。

好恵、吉村に気付きつつも、歌い続けている。

ふと視線に気付き、振り返ると、長沼と箕倉と大が立っている。大はバス停の標識を抱えている。

好恵　……。（全てを察する）
吉村　（死体の腕をみせて）じゃ、行きますか。
好恵　♪この町を救うのは……、
吉村、好恵を連れていく。
すれ違うように神崎が戻ってくる。

神崎　あの……、
箕倉　御苦労様。

大がバス停の標識（【祖母の家前】）を神崎の前に置く。

大　（舌打ちして）この程度の仕事でよぉ。

箕倉　好きな場所に置いてくれれば、次の日から停まりますから。……先生？

長沼　あ、うん。

神崎　ありがとうございます！

神崎、バス停の標識を持って去っていく。

長沼　……社長さんによろしく。

長沼・箕倉、去って、大が一人舞台に残った。

大　あ、はーい。

大、去っていく。

と、別エリアに麻子が現れる。

追ってきた禎吉も現れて。

禎吉　麻子さん！

麻子　はい。

禎吉　僕のことも、その、……泥団子だと思っていますか？

麻子　……さぁ。……違うと思います。

禎吉　……じゃあ、三歩。いや、四歩。図々しいか……、……五歩！

麻子　なんですか？

♪帰り道のテーマ

禎吉　♪五歩、離れて歩くので、……一緒に帰ってもいいですか？

麻子　（うなずいて、鼻歌を歌いながら先を行く）

絡み合う禎吉と麻子の鼻歌。
禎吉は麻子の五歩後ろをついていく。
溶暗。

5 飲み屋

［昭和36年／1961年4月］

テロップ［3年後……］
テロップ［昭和36年］
引き戸が開け放たれた場末の飲み屋。
店内で客が騒いでいる声が聞こえる。
客の男・近眼が一人、夜空を見上げている。
店内から同じく客のカサゴと電気屋が出てきて、

カサゴ　よぉ、釣れたか？
近眼　うん？
電気屋　釣れたら中でさばいてもらおうぜ。
近眼　違うよ。（と、空を指差す）
カサゴと電気屋、近づいてきて見上げる。

カサゴ　流れ星？
近　眼　ソ連がよ、人間を宇宙に飛ばしたんだろ？
カサゴ　あぁ。
近　眼　地球をぐるぐる回ってるっていうからよぉ。
電気屋　ガガーリンだったら、とっくに地上に降りてきてるよ。見えるわけねぇ。
近　眼　そんな簡単に諦めるなよ。
電気屋　つったって、宇宙は遠すぎるし、そうでなくても飛んでたのは昨日なんだから、見えないもんは見えないべ。
近　眼　……どうせ見えないなら、見えてることにしてもいいだろ。見えてるものしか存在しないとしたら、俺は一文無しだよ。
カサゴ　……なんだよ、手持ちがないのに飲んでんのか？

店から看板娘が出てきて、

看板娘　ちょっと！
三　人　？
看板娘　立ちション禁止です！

電　気　千代ちゃん、おじさんが金持ってないって。
看板娘　じゃ、お二人が貸してあげてください。
電気屋　俺だって、借りるつもりで来たんだから、持ってないよ。
看板娘　ちょっと……、
近眼・電気屋　（カサゴにすがる目）
カサゴ　さすがに俺も三人分はあったかなぁ……、（と財布を出す）

そこへ提灯を担いだ良夫（53）と大（21）が現れる。
二人ともかなり羽振りの良さそうな服装だ。

看板娘　うーん、これ以上のツケは私が怒られちゃうよ。
大　（財布を取り上げ、看板娘に）いくらだ？
看板娘　はい？
大　（看板娘に財布を投げ）ツケの分まで回収しろ。それとこれからはツケなしだ。

良夫が提灯を新しいものに交換している。

看板娘　え、あの、

店から店長が飛び出してくる。
客①、②も店の中から顔を出して、様子を窺っている。

店　長　いいのいいのいいのいいの、
看板娘　店長！　この人達は……、
店　長　店長はこっち！
看板娘　え？
店　長　（大を指して）今日からこの人が店長。
看板娘　は？
店　長　（良夫を指して）で、この人がオーナー。

良夫、看板娘の服を破る。肩と足が露出する。

看板娘　きゃあ!?
良　夫　接客ってのはこういう格好でするもんだ。
店　長　勉強になります。
近　眼　おい、俺達の千代ちゃんは、商売女じゃねぇんだぞ。

良夫　金は取らねぇから、安心して目で犯しな。
近眼　……（凝視しながら）そんなこと出来るかよ。
電気屋　とにかく持ち主が変わるなら、俺達はこの店で飲まねぇよ。
近眼　いくらで買い取ったか知らねぇけど、元取る前に潰れるぞ。
大　……俺達も安酒をツケで飲む虚しさを知らないわけじゃねぇよ。
カサゴ　お？　懐柔するつもりか？

大、突然、カサゴを抱きしめる。

大　悔しいよなぁ！
カサゴ　……は？
大　同じ時間働いても、お前らより稼ぐやつが沢山いる。
カサゴ　離せよ。
大　時間は誰でも平等に過ぎていくのに、そこで生まれる金は不平等。悔しいよ！
三人　（慰め合う）
大　だが俺達は平等主義者だ。この格差を埋める方法を知っている。
電気屋　どうすりゃいいんだよ！
良夫　お前らの周りで流れる時間を遅くする。ゆったり流れる時間の中でたっぷり労働して、賃金格差を埋めるんだ。

電気屋　（一旦、カサゴと近眼と相談して）……時間って遅くできるんだっけ？

良夫　酔えば時間は遅く感じるだろ？

近眼　……確かにな！

電気屋　でも感じるだけじゃ、

良夫　（無視して）遠慮するな。諸星焼酎なら半額だぞ！

三人　え？

客①　（店から飛び出して）おい‼　♪それは、本当かぁぁぁぁ？

大　♪本当だぁぁぁ！（と工業用アルコールの一斗缶を置く）

看板娘　♪ナーナーナーナー、ナナナナー！

一同　♪ホリック！

♪アル中のテーマ

店から酔客が出てきて、踊り出す。
客①と看板娘がコーラス。

カサゴ　（一斗缶の工業用という表記を見て）こんなもん飲んだら死ぬぞ……

　　が、カサゴの言葉をかき消して、歌が始まる。

大　♪日々の暮らしは　つらさのつらなり
　　♪無慈悲のつららに貫かれてく
良夫　♪それでも生きたきゃ　燃料が必要
　　♪つべこべ言わずに　積み込め！　アルコール！
一同　♪ホリック！
大　♪憂さを晴らそう　ヤケクソになろう
　　♪昨日も明日も　酒で塗りつぶせ
良夫　♪素面じゃ寝れない　誰とも話せない
　　♪千鳥足でしか　歩きたくない
一同　♪ホリック！
大・良夫　♪こうなりゃ　飲んで飲んで飲んで呑みつくせ
　　♪嫌なこと全部　飲んで飲んで呑みつぶせ

　　曲、「♪諸星親子のテーマ」に展開して、

良夫　酒は一生、やめられないんだからよ。

大　♪諦めろ　身をまかせていけ
　　♪とりついている　おまえに

良夫　♪受け入れろ　カルマ背負うのさ
　　♪誰だって　呑んでいる

大・良夫　♪（だから）金払え　金払え　金払え　俺らに
　　♪金払え　金払え　金払え　いついつまでも

曲、さらに展開して、「♪パチ中のテーマ」へ。

看板娘　♪でもね、新オーナー、この人達、お金ないの

客達　♪半額でも払えない　我が身を呪う

大　ないなら稼げ。

客①　♪仕事もないのさ

大　仕事じゃねぇよ。玉で稼ぐんだよ。
一同　玉？
大　「パチンコ諸星」グランドオープンだよ！
看板娘　♪ジャンジャンバリバリ、ジャンバリ！
一同　♪ホリック！

店からパチンコ台を持った市民が出てきて、踊り出す。

大　♪日々の暮らしは　あぶくのつらなり
♪無慈悲のつららに貫かれてく
良夫　♪なにをするにも　小金は必要
♪玉に夢込め　打ち抜け　パーラー！
一同　♪ホリック！

禎吉と麻子が現れ、パチンコ玉をばらまく。市民一同、はいつくばって玉を拾う。

大　お前らのクソで稼いだ金で仕入れた酒と玉を、お前らに売りつける。クソを買い戻させているわけだ。

良夫　どうだ！　諸星の手の中で、回転するループ！　永遠のサイクル！

良夫・大　♪愛すべき　生まれて狂っていくサイクル
♪市民諸君を回転させる　ループ　逃げ出せはしない

歌いながら去っていく一同。

一同が去ると、いつのまにか市民に混じっていた楢太（48）だけが残り、パチンコ玉を拾っている。

楢太　……。

そこへ好恵（38）が現れる。
すっかり服装が安っぽくなっている。

好恵　……なにしてるの？

楢太　見ろよ、こんなに拾ったぞ。これでフィーバーすれば、

好恵　……やめてよ。
檜太　バカ、勘違いするな。これ、全部タダだぞ？
好恵　だから！　……やめてって。

　　好恵、集めた玉をはたき落とす。

檜太　諸星の店だからか。
好恵　……。
檜太　いつまで根に持ってるんだ。この辺りで暮らしていくなら、なんかしら、諸星グループの店にお世話になるんだよ。
好恵　……引っ越そうよ。
檜太　その金を稼ぐために、拾ってたんだぞ？
好恵　……。
檜太　そんな顔するなよ。……下り坂の方が歩くのは楽だぞ。

　　檜太、トボトボと去っていく。

好恵　……。

そこへ主婦(サザエ、タイコ、お軽)が来て、

サザエ　ちょっとちょっと、

好恵　あ、はい。

タイコ　あなた、お名前……、

好恵　あ、瀬田です。

お軽　そうそう、三等地の瀬田さんよね?

好恵　え、

お軽　日当たりと水はけの悪い三等地に越してきた瀬田さんでしょ?

好恵　……。

お軽　私が言ってるんじゃないからね? 私以外の全員が言ってるの。

サザエ　そうそう、私とかタイコさんが言ってるだけ。

タイコ　誤解しないで、お軽さんは言ってないから。

お軽　私は言ってないからぁぁ!

好恵　わかりました。……で、なにか?

お軽　そう! 大変なのよ、来て来て。

一同、去っていく。
その間に、セットは住宅団地へと変わっていく。
住宅地の一部は、なにやら建設中のようで、足場と防塵幕が見える。

6　建設現場（住宅団地）

長沼（53）と箕倉（39）が現場の職人（嶋田・村瀬・浅野・野々村）と話をしている。

野々村　許せねぇんだよ、悪いけど。
長沼　許せない。わかりますよ、野々村さん。
浅野　（防塵幕を指して）看板届いてびっくりしたんだ。自分がこんなもん作ってたなんて。
長沼　浅野さんの心中、お察し致します。
嶋田　だって周り全部住宅地だぜ？
長沼　仰る通りです、嶋田さん。ただ、この一画は認可が別なんですね。
村瀬　道路一本、挟んだだけで、別っておかしいよ。先生もそう思うでしょ？

箕倉が紙袋からなにやら箱を長沼に渡す。

長沼　えぇ、えぇ、あ、村瀬さん、これ。

村瀬　ん？

長沼　郡上鮎《ぐじょうあゆ》の甘露煮です。村瀬さんと浅野さんは奥美濃の出だそうで。

村瀬　（浅野を見る）

浅野　先生、こりゃないよ。怒りづらくなっちゃうじゃない。

長沼　いえいえ、そんな。先日、たまたま仕事で寄っただけでして。

箕倉の手から長沼の手、そし野々村へと、紐で吊したヤナギカレイの干物が渡る。

野々村　干しヤナギだ……。

長沼　えぇ。先日たまたま仕事で小名浜の方に。

野々村　（嬉しそうに受け取りながら）干物より美味しいもの沢山あるんだぜぇ？

長沼　わぁ、今度是非教えてください。

箕倉が風呂敷に包んだ一升瓶を取りだす。
嶋田、もらえるものと思ってワクワク。

と、現場監督・伝田林と過激派職人・歯抜けが現れる。
その後ろに先程の主婦三人と好恵。

伝田林　……おい、ダマされるなよ。
嶋　田　伝田林さん……。
歯抜け　簡単に物で釣られやがって、バカ！（嶋田を叩く）
嶋　田　いや、僕はまだ……、
伝田林　おまえらも家族がいて、子供がいるんだろ？
一　同　……。
お　軽　長沼先生、おかしいじゃないですか。先生ともあろう方がこんなこと。
箕　倉　なにか不手際がありましたら、
サザエ　（遮って）ご自分の目でちゃんと見て判断されたんですか？
長　沼　と、言いますと？
歯抜け　看板の明かり、つけろ。

看板に電気がつく。
ピンクの派手な電飾。【不夜城♡】の文字が見える。

好　恵　これは……、
長　沼　……綺麗な看板です。これの何に反対されてらっしゃるのか……、
サザエ　目の前を、毎日子供が学校に通うんですよ？
タイコ　こんな卑猥な建物！
長　沼　卑猥！　……奥様、セックスは卑猥ですか！　私は美しい行為だと思います。みなさんにもお子さんがいらっしゃるそうですね。美しさと美しさが交差して、天使のような子を授かったはずです。……いいですか？　ここは、天使が生まれる建物になるわけです。それを反対なさるのですか？
好　恵　（白けて見ている）
長　沼　ところで、天使を生み出すのは誰だとお思いですか？
サザエ　さぁ。
長　沼　神じゃないでしょうか。つまりセックスはみなさんが唯一、神になれる可能性を秘めた行為です。これにも反対ですか？
サザエ　神……？　私達が？
長　沼　もといい！　女神です！

お軽　……バカにして。（まんざらでもない）
長沼　さて、女神様。セックスには欲望という側面があることも否めません。欲望は常に批判の対象です。
お軽　そりゃ動物じゃないんだから、欲望ばかりじゃ、
長沼　なるほど！　では、キリンの首はなぜ長いのか？　食欲を満たすために長くなった！　欲望を上手に満たした結果、進化の過程で生き残った！　この欲望は批判の対象ですか？
お軽　それは……、
長沼　私の中にある、よりよい社会を実現しようとする欲望。これは批判の対象ですか？
お軽　いえいえ、
長沼　生きとし生けるもの全てが、それぞれもうほんとうにほんとうの幸福を手に入れて欲しいという欲望。これも批判の対象ですか？
お軽　……いえ。
長沼　これが最後の質問です。では、みなさんは、今、一体、なにに反対されているのですか？
一同　（渋々納得の雰囲気）
好恵　……ダマされちゃいけませんよ。
サザエ　え？

好恵　この人、裏じゃいろいろやってますから。
タイコ　そうなの？
好恵　子飼いの会社を公共事業者に指定して、そこに流れたお金を受け取ってるんです！
箕倉　根拠ないことを言うのはやめてください。
好恵　じゃあ……、施主は、発注者は誰ですか？
歯抜け　確か諸星衛生っていう、
好恵　ほら！　ほら！　ほらほらほら！
職人一同　（ざわつく）
タイコ　なになになに？
好恵　（急に警戒して）……みなさん、今日のところは引き下がりましょう。
サザエ　なんなの？
好恵　これは一筋縄ではいきません。ちゃんと作戦を立てないと、ありもしない罪で捕まったりしますから。
箕倉　あなた……、もしかして瀬田肥料の社長夫人さん。
好恵　……違います。
箕倉　あ、違いますね。元、社長夫人さんだ。
好恵　……かみ砕いて説明してさしあげましょう。（手振りで）右手が長沼です。左手が諸星衛生です。で、（足もあげて）右足が、平塚市議会です。議会を通して、えっ

と、（右足下げて左足あげて）左足が、予算委員会です。この左足を通して、右手が、

嶋田　ごめん、右手ってなに？

村瀬　議会だろ。

好恵　議会は（左足さげて右足あげて）右足です。

浅野　え、左足は？

好恵　（右足さげて左足あげて）左足は予算、

野々村　予算委員会は左手だろ？

好恵　あ、いえ、左手は、

一同、口々に確認。好恵、手振り足振りにてんやわんや。

歯抜け　悪いけど俺は、欲望だとかからくりだとかいう話はわかんねぇよ。ただ、このホテルはなんか気に喰わねぇってことだよ。

好恵　そういう進め方で勝てると思うのはお勉強不足！

歯抜け　（無視して）とにかく一旦、この建物、バラさせてもらうわ。いいよな、監督。

伝田林　……やっちまえ！

歯抜けと現場監督、足場を解体しようとする。
その流れで、防塵幕を外す。
と、幕の向こうに脱ぎかけの売春婦・サンシャインがいる。

サンシャイン　きゃぁーーー！
歯抜け　なんだぁ!?

脇から半裸の大が現れる。

大　〝なんだ〟ってなんだ!?
伝田林　貴様、ここでなにをしてる？
大　ここは、俺のホテルだ。
伝田林　はぁ？
箕倉　諸星さん、取り込み中なので服を……、
嶋田　……諸星さんって、施主の……？

と、別の幕が取れ、良夫と売春婦・猪目子と売春婦・ムーンライト、サンダーボルトが現れる。

良夫　青姦、反対！
一同　（口々に驚く）
良夫　黙って聞いてりゃ……、お前ら、そこらで青姦ばっかりしやがって。そっちの方が迷惑だ！
お軽　ズボシっ！　そんな、青姦なんてしてるわけないでしょう！
一同　（口々に「図星って聞こえなかったか？」等々）
大　安月給でせまい戸建てを買って、襖の向こうに子供がいて、どうやって二人目作るんだ？
良夫　困ったあげく、今日も相模川の葦原で立ちバックか！
大・良夫　笑止千万！
大　でも、性欲は抑えられねぇよな？　だったらホテルに金払え。
村瀬　……いい加減にしろ、この野郎。
職人達、それぞれ角材などを手に、大と良夫と長沼を取り囲む。
伝田林　やれ！

職人一同、襲いかかる。

大は、売春婦のブラジャーをヌンチャクにして、長沼はメガネを武器にして、良夫は売春婦の愛液を飛び道具に対抗する。

一連の戦いは、歌いながら展開する。

♪諸星親子のテーマ（性欲）

大　♪逃れられない　やめられはしない
良夫　♪死んで消えるまで　続く
大　♪諦めろ　身をまかせていけ
　　♪出し入れするぜ　おまえに
良夫　♪受け入れろ　カルマ背負うのさ
　　♪みんなでやっても　いいんだぜ

殴り合いで負けた者から、歌にコーラスとして参加しだす。

好恵はさっさと消えてしまうが。

大・良夫　♪（だから）金払え　金払え　金払え　俺らに
　　　　　♪金払え　金払え　金払え　いついつまでも

歌、終わった時には一同は去り、一旦、避難していた長沼と箕倉が改めて現れる。

箕倉　やれやれ、なんとか収まったと言っていいですかね。
長沼　……つまらない。
箕倉　え？
長沼　……なぜ市民は納得したんでしょうか。私も諸星も、ろくな理屈を吐きませんでしたよ。……張り合いがない。
箕倉　……大学の誘致を取りやめて、ゴミ処理工場でも建てますか。かなりの反発が出て、先生の張り合いも、
長沼　工場は雇用を生みますから。味方も増えてつまらない。
箕倉　ただ、長い目で見れば、学生よりも工員の方が町に問題を起こす可能性が高くて面白いかと。
長沼　……いや、学問によってリベラルな人間を育成した方が、張り合いがあるんじゃな

いですか。

箕倉　……。

長沼　……否定ばかりしてすまないね。

箕倉　そんな……、先生のためなら。

箕倉、そっと長沼にしがみつく。

長沼　あれがあれですまないね。

箕倉　こうしているだけで私……、

長沼　……箕倉君は、私を裏切らないのか？

箕倉　え？

長沼　それが一番、張り合いがありそうだ。

箕倉　……。

7　諸星衛生の事務所

禎吉がそわそわしながら仕事をしている。

麻子がお茶を持ってくる。

禎吉　麻子さん、次のお休みはどうしましょう。
麻子　……また映画と食事で。ご負担にならないように。
禎吉　そんな。会社は好調。お金の心配はしないでください。
麻子　私だって少しは頂けるようになりましたから。……お茶受けを。

麻子、棚からお茶菓子を出す。
禎吉、机の上になにかを置く。

麻子　（戻ってきて気付く）
禎吉　指輪です。
麻子　ありがとうございます。カステラです。
禎吉　……ありがとうございます。
麻子　（仕事を再開）
禎吉　あの、指輪は……？
麻子　知ってます。指にはめる装飾具ですよね？
禎吉　はい。……中、開けてもらっても、

麻子　見ても価値がわからないんです。すいません。

禎吉　価値は……、そうですね。僕も詳しくはないですが、綺麗だなってことは、ええ。

麻子　綺麗なら綺麗なほど、私には不釣り合いと思ってしまいます。

禎吉　……それは、受け取れないということですか？

麻子　私なんかを好きになって頂いた気持ちを否定するつもりはありません。

禎吉　ありがとうございます。

麻子　どういたしまして。（さっとしまい、仕事を再開）

禎吉　……。……え、あの、

と、大がやってくる。

禎吉　おつかれさまです。

大　（禎吉に）おう。（麻子に）花室。

麻子　はい。

大　親はいるか。

麻子　縁を切っています。

大　だったな。じゃあこれに名前を書け。

麻子　はい。

麻子、なにやら書類に記名する。
禎吉、覗き込んで、

禎吉　これ、婚姻届……、
大　あぁ。お前も書け。
禎吉　え、いや、
大　早く！
禎吉　（満面の笑みで）……はい！

禎吉、名前を書いて、

禎吉　お気遣い、ありがとうございます。
大　（書類を見て）……バカ、書く場所間違えてるよ。
禎吉　はい？
大　花室は親族と縁を切ってるんだ。聞いてたのか？
禎吉　はい。はい？
大　お前が保証人になってやれ。

禎吉　……はい？

大　（書類を破いて、新しいものを出し）もう一度。

麻子　はい。（書き始める）

禎吉　あの……、……え、誰と誰が結婚するんですか？

大　花室と、俺だ。

禎吉　え？

麻子　え？

大　嫌か？

麻子　……。

禎吉　どういうことですか？

大　夫婦になればセックスはタダだ。性欲を満たす経費を削減すれば、もっと稼げることに気付いた。

禎吉　は？

大　経費の削減は社の利益だ。お前らの給金にも還元できる。

禎吉　……そんな、麻子さんを、買うみたいな話……、

大　だから、買わなくて済むから結婚するんだよ！

禎吉　……あなたって人は、

麻子　あのぉ、ついさっき禎吉さんにプロポーズされたんです。

大　……は？
禎吉　そうです。すいません、麻子さんは僕と、
麻子　ですので、お二人で決めてもらえれば。
禎吉　え？
麻子　あの、どちらのもとでも嫁ぎますので、決めてください。
禎吉　いや、
麻子　ありがとうございます。こんな私を。
禎吉　そうではなくて、
麻子　ただ私は、私なんかを好きになる人は、人を見る目がないと思っていますから。そういう意味では、お二人の人間性に懐疑的になってしまいますが、その点はご容赦ください。
禎吉　……。
大　（禎吉に）どうする？
禎吉　いえ、あの、
大　色恋に上司も従業員も関係ないぞ。それくらい俺だってわかる。
禎吉　はぁ。
大　お前の希望を言え。
禎吉　僕は、その……、え、…麻子さんはどっちがお好きなんですか？

麻子　……この身がお役に立てるなら嬉しいので。愛してくれた方を好きになりますよ。
禎吉　では僕じゃないですか？　失礼ですが、大さんが求めている関係は恋愛感情とは違うのでは？
麻子　愛にはいろいろな形がありますから、そんな風に否定をしてはいけません。
禎吉　……すいません。
麻子　打ち消すことのできない欲求を、私で満たそうというのなら、それは愛より尊いことかもしれません。
禎吉　そんな……、
大　確かにだ。お前、これでふられたら花室のこと、諦めるだろ？
禎吉　簡単には言えませんが、ふられたら、だって、……はい。
大　でも花室でセンズリはするだろう？
禎吉　……。
大　愛については諦めることがあっても、性欲は堪えきれず満たそうとするわけだ。つまり、性欲の方が思いが強い。
禎吉　……いえいえいえいえ、
大　そうだ！　今、はっきりと自覚した！　俺はお前より強い思いで花室を求めている!!

遠くで稲妻が落ちる。

禎吉　……反論せねば、反論せねばと思っていた。しかしこの時、心のずっと奥の方で、〝お前の負けだ〟という声がしていたのです。そして、その声の主は……、俺だった！

♪人の仕組みのテーマ

コーラス隊が現れ、そこに麻子が加わる。

大・禎吉　♪愛よりも強い性欲　人は誰しもが
♪愛よりも強い性欲　そんな仕組みで出来ている
♪愛よりも強い性欲……
♪愛よりも強い性欲……

溶暗。

8 結婚式場 ［昭和37年／1962年2月］

テロップ［10ヶ月後］
舞台は結婚式場に変わる。下品な趣味の飾り付け。
下品な趣味の服を着た参列者がたむろしている。

そこへ長沼と箕倉が現れる。

箕倉　本当にご挨拶、辞退なされるんですか？
長沼　祝いの場で目立つことはない。
箕倉　ですけど、
長沼　他人の祝い事なんて、みんな、すぐ忘れる。覚えてるやつは嫉妬深いやつだけだ。嫌いだよ。
箕倉　……はい。
長沼　もちろん葬式なら喋るぞ。悲しい出来事はみんなよく覚えているし、よく思い出す。その記憶には残っておくに越したことがない。
箕倉　どうして葬儀のことは覚えているんでしょうか。

長沼　葬式には嫉妬がない。死んだ奴には、生きてるだけで優越感を感じられるからな。

長沼と箕倉、去っていく。
反対側から良夫と大が現れ、

良夫　……なにを苛立ってんだよ。
大　いまさら結婚式なんてどうでもいいよ。
良夫　意味のないことに金は使わないさ。この経験もいつか金に変わる。式場がいかに儲けているかを知るいい機会だ。

と、新聞記者が現れ、二人の写真を撮る。

大　なんだお前。なんで写真を撮る。
良夫　新聞記者だよ。俺が呼んだ。（と大の横でポーズ）
記者　（写真を撮る）
良夫　冠婚葬祭が記事になれば、いよいよ地元の名士だ。
大　……猿回しの猿じゃねぇんだぞ。

今度は平塚市長がやってくる。

市長　どうも諸星さん、この度は……、

大　誰だあんた。

良夫　平塚の市長さんだよ。

大　市長？　尻尾振るのは長沼だけで精一杯だぞ。

良夫　おい、

市長　これはまた愉快な新郎だ。

会場の別の場所から歓声があがる。
見ると、〝あの〟小林旭がやってくる。

大　あれ……、もしかして、

良夫　そうだ。小林旭だ。

大　（急に前のめりになって）まじかよ！

良夫　市長さんのツテだぞ。

大　おぉ……、

大と良夫、小林旭に駆け寄っていく。
会場の隅に禎吉が現れる。

禎吉　すいません、花嫁さんみませんでした？
ボーイ①　はい？
禎吉　（箱を開けると、髪飾りが入っている）これ、渡さないと。
ボーイ①　こちらです。

禎吉とボーイ①、去っていく。
良夫は小林旭を控え室へ案内して去っていく。
入れ替わるように警察官の吉村と神崎が入ってくる。
それを見ている名士の娘・靴ずれと水虫。

水虫　ねぇ、なんで警察がいるの？
靴ずれ　新婦が警官の娘なんじゃないの？
水虫　え、ほんと？　……ね、あれ、お父さんじゃない？
靴ずれ　あ、

市長　あぁよかった。来てくれたんだね。
靴ずれ　で、これ、誰の結婚式なの？
市長　諸星さんと言ってね、クソにたかるウジ虫だよ。
靴ずれ　なんでそんな人の花嫁と友達にならなきゃいけないの？
市長　友達になれとは言ってないよ。友達のふりをしてやれって言ってるんだ。
参列者①　おぉ、花嫁だ。

一同が振り返ると、お腹の大きな麻子がやってくる。

水虫　あれがウジ虫の花嫁？
市長　ウジがクソを喰うと、クソは肥料になる。肥料は金になり、その金を使うのがお父さんだ。
靴ずれ　えー使うのは私でしょ。
市長　……だな。
小林　忙しいんだ。始めちまうぞ。

突然、小林旭がステージに上がり喋り出す。

小林　どうも旭です。今日は、おめでたい席ということで、えー……、どれが新郎だ。

大　(手を挙げる)

小林　お前か。で、腹ボテのスケが新婦だな。

麻子　(会釈)

小林　よぉし、お前らのために、ここらの地元の曲を覚えてきたんで、ハメをハズしたって、いいんだぜ?

♪平塚音頭

小林　♪ハァー　相模　平塚　よいよいところ　酔いどころ

参列者一同、プリミティブな盆踊り・平塚音頭を踊り出す。
良夫、血が騒いだのか踊りの輪に加わる。
大は小林旭と並んで歌い始める。

小林・大　♪白帆　白波　よせてはかえし
♪響き絶やせぬ汐鳴りあわせ

♪まずめにみなぎる　相州の　人ごころ　ソレ

と、良夫が踊りの輪の中に一瞬、消えた。
再び姿を現した時には、ヨロヨロとしている。
背中から出血しているようである。

小林　♪平塚おどりは　よいおどり
♪宵越し　酔い酔い　よいおどり

一同、ようやく良夫の異変に気付く。
サッと輪が広がる……。

小林　おい、どうした?
大　親父……!?

警官・吉村、異変を察し、

吉村　……えー、みなさん、この場から動かないでくだ……、が、参列者一同、一斉に逃げ出す。

大　……あ、

吉村・神崎　みなさん！　ちょっと！

吉村と神崎が追いかけていく。

箕倉　先生、こちら……

長沼　（いつの間にか手に銃を持っている）うん。

箕倉　そんなものしまってください。

長沼と箕倉も逃げていく。

あっという間にガランとなってしまった会場。

大、禎吉、麻子がその場に残って、倒れた良夫を見ている。

大　禎吉、追えよ！

禎吉　はい！

祯吉、走り去るようで、その場でダッシュ。前へ進まない。

大　おい、早く……、

と、ボーイ②が現れ、大を刺す。

大　……！

禎吉　（刺されたことを確認して）追いかけてきます！

大　もういい。待て……。

禎吉、去ってしまう。

ボーイ②、改めて腹を刺す。

禎吉、すぐに戻ってきて、

禎吉　（ボーイ②に「早く！」と身振り）

ボーイ②、去っていく。

麻子　……。

麻子、一人残って、倒れている大と良夫を見ているが、助けない。
麻子、席へ移動して、お頭《かしら》つきの鯛を掴み、かじりつこうとする。
と、大が動き出す。

大　……参ったな。
麻子　大丈夫ですか？
大　親父も俺も死ぬとなると、お前が全部相続するのか。
麻子　……さぁ。
大　それは我慢がならんな。

麻子、危険を察して、逃げ出す。
大、よろよろと追いつき、しがみつく。
大、そのままキスをする。
が、麻子はなぜか苦しそう。

大が徐々に離れる。麻子の舌(作り物がしっかり伸びる)を嚙んでいる。

大、麻子の舌を嚙みちぎり、ペッと吐き出す。

麻子、絶命。

大　……。

大、舌を拾い、むしゃむしゃと食べる。

暗転。

どこからか赤ん坊の泣き声が聞こえる……。

9 学生服屋

［昭和54年／1979年4月］

テロップ［17年後……］
テロップ［昭和54年（1979年）4月］

舞台上にポツンと制服と作業着の専門店。
が、看板が出てないので何の店だかわからない。
店前の長椅子で、根暗な店主が寝ている。

小学生①、②が歩いてくる。

小学生② ……じゃあまた親父に殴られたのかよ？
小学生① うん…、
小学生② ……ひでぇアザだぞ。なにしたんだ？

小学生①　なにっていうか、ドラえもんだよ。
小学生②　なんだ、ドラえもんって。
小学生①　新しくテレビで始まったアニメーションだよ。未来から来た猫型ロボットがさ、
小学生②　なんで未来から猫が来るんだよ。バカ。
小学生①　親父もそう言って、俺を殴ったんだよ。
小学生②　……ごめんな。
小学生①　(手元の紙を見ながら辺りをキョロキョロ) そんなことより迷ったぞ。
小学生②　ん？ (紙をのぞきこんで) 近くまで来てんだろ？

と、制服姿の諸星小子 (18) が現れる。

小　子　どうしたの？
小学生①　あの、学校で使う体操着を買わないといけなくて……、
小　子　あぁ、あそこのお店だよ。
小学生②　ありがとうございます。
小　子　待ってて。

小子、お店の前へ行き、

小子　……おじさん。
根暗　（起きて）……ん？　小子さん。
小子　かわいいお客さんが来てるよ。
根暗　え？　あぁ……
小子　ほら、看板くらい出して……。

小子、店の中から【制服の諸星】と書かれた立て看板を出して、店先に置く。

小子　どこの小学校？
小学生②　岡崎小学校です。
小子　じゃあ毎日、坂道大変でしょう。
小学生②　はい。

根暗、体操着を持ってきて、

根暗　岡崎小はこれね。
小子　当ててみたら？　貸して？

小子、小学生①のカバンをもってやり、背中に体操着を当てて、サイズを確認。

小子　うん。大丈夫。
根暗　……二千五百円ね。
小学生①　あれ……、体操着は千八百円だって言われてきたんですけど。
根暗　そう？
小学生②　（コソコソと）俺が柳屋で買った時は、もっと安かったぞ。
根暗　学校指定の体操着はうちでしか扱わないことになったから。
小学生①　……あぁ、
小学生②　一旦、帰ろうぜ。
小学生①　うん……。あの、また来ます。（とカバンを受け取ろうとする）
小子　（渡さない）家、教えて？
小学生①　え？
小子　直接売りに行ってあげるから、家、どこ？
小学生①　……え、
小子　住所。言いなさい。
小学生①　あ、でも……、

小子、小学生①の首元に手を突っ込み、首から吊したお守りを引っ張りだす。

小子 八幡さまのお守りだねぇ。お母さんがしっかり者なら……。（中から紙を出して、根暗に渡す）

根暗 （紙を見て）公民館の近くだな。

小子 （カバンを返して）……後で行くから。

小学生②、逃げ去る。

小学生① あ……、

小学生①、恐る恐るカバンを受け取って、逃げ去る。

根暗 さすがしつこいね、小子さんは。

小子 だって、コツコツ稼がないと。お金は大切だから。

根暗 お父さんの教育がいいのかな。

別エリアに、大(39)が現れる。

大　小便の小と書いて、小子な。

小子　どうだろ、お金のことならおじいちゃんの方がうるさいかも。

別エリアに車椅子の良夫(71)が現れる。
車椅子を押しているのは、かつての売春婦・猪目子。

良夫　これからは制服屋が儲かるぞ。
小子　そうなの?
良夫　あぁ。諸星のホテルでセックスして……、
大　(途中から割り込んで)……して生まれた子供が学校に通う年になった。義務教育で使うものは手堅く儲かる。
良夫　……その通りだ。よーく覚えておけ……、
大　(途中から割り込んで)覚えておけよ、小子。
小子　はーい。

大のエリア、消え、小子は去っていく。

良夫　……。

そこへ箕倉が現れて、

箕倉　はっきりしてください！

その瞬間、舞台は平塚市議会になる。

10　議会

音楽。前奏。
曲に乗って、箕倉（57）の歌が展開する。
歌をぶつける相手は、新しい市長と議員三人。

箕倉　市長！　公立学校の制服が、一部業者の独占販売になっていることについて、どうお考えですか？

市長　えーそれについてですが、

長沼（71）が現れて、

長沼　販売業者は毎年度、入札による認可制であり、決して独占などという……、

箕倉　では、長沼議員にお聞きします！

長沼　なんでしょうか。

箕倉　入札に不正はなかったと言い切れますか？

長沼　え？　うん。

箕倉のもとへ主婦（お軽・サザエ・タイコ）が現れて、コーラスをする。

主婦達　はっきりしてください！

♪箕倉のテーマ

主婦達　♪表、裏！（ソノマタ　ウラウラ）
箕　倉　♪表、裏！（モットモット　ウラウラ）
♪敵に飢えてた先生のために　共産党から　出馬しました

共産党員①②③④が箕倉の脇で踊り出す。

♪選挙の表と裏とそのまた裏を駆使して
♪漁業組合を味方につけました

漁師三人が踊りながら現れ、箕倉と絡む。
箕倉、映像のお札をバックに身体をまさぐられる。

箕　倉　♪嗚呼　実弾と肉弾　実弾と肉弾
♪誰にも言えない主義主張　先生を愛してる
♪ハートの形にくりぬいた　赤旗が燃えてる
主婦達　♪表、裏！（ソノマタ　ウラウラ）
♪表、裏！（モットモット　ウラウラ）

箕倉　（しかし）正攻法しか知らない理想主義者の集団は、先生に翻弄されるだけでした。

間奏の中、長沼が答弁台に立ち、党員が糾弾しようと必死である。

長沼　自由化ですか？
共産党員①　えぇそれを求めます！
長沼　その場合、競争によって価格が安くなる可能性はもちろんありますが、安定性に欠き、一部の業者が競争に勝った場合……、
箕倉　言語道断、否！　否！　否！　コスト制限撤廃、断固自由化を！
主婦一同　箕倉先生、頑張って！
市長　……では、制服販売自由化の条例を可決致します。
箕倉　♪家計を握る主婦層を味方につけ　先生にようやく張り合いを
長沼　あれがあれですまないね。
箕倉　♪だけど心と体の表と裏
♪いつしか私は肉弾に溺れました

漁師達と絡み合う箕倉。

箕　倉　♪嗚呼　肉弾と肉欲　肉弾と肉欲
♪誰にも言えない主義主張　先生を愛してる
♪ハートの形にくりぬいた　赤旗が泣いてる

再び間奏の中、芝居が展開する。
変な色の制服を着た中学生①②が現れる。

中学生①　（思春期ならではの駄話）
中学生②　（思春期ならではの駄話）
箕　倉　しばらくして、長沼先生は、市内の制服の色を異様な色へ変更させ、他の業者がおいそれと参入できない条例を通しました。制服の自由化はほぼ無意味な条例になりました。
漁師①　箕倉さん、やられたよ。
箕　倉　え？　なにを……？

漁師達、答えずにそのままトボトボと去っていく。

箕倉　諸星運送のトラックが、小田原港の魚を市内のスーパーに運びだすと、平塚港で水揚げした魚は買い取り手がいなくなりました。
主婦①　小田原産のイサキが安くなってるって！
主婦②③　行こう行こう！

主婦達、争うように去っていく。

箕倉　漁業組合も主婦層も消え、派手な肉弾戦の詳細が怪文書で出回りました。「ハレンチ議員の仰天プライベート！　すっぽん　下半身！」という見出しの怪文書。
共産党員①　（怪文書を手に）見損なったよ！
長沼　……箕倉君。張り合いがなかったねぇ、君も。
箕倉　……君も？

長沼、去っていく。

箕　倉　♪誰にも言えない主義主張　先生を愛してる……

歌、終わって、

箕倉、一人になってトボトボと歩いている。

そこはいつの間にか伊勢原市のはずれだ。

11　伊勢原への夜道

箕　倉　……私はその夜、そっと平塚を捨てました。水を張り始めた田んぼに月が細く、姿を見せていたのを覚えています。……渋田川が左へとカーブしていく。どこからかコポコポと気泡の音がする。目をこらすと暗闇に養魚場の生け簀を見つけました。魚達が一斉に顔を出し、私を見て、そして憐れむようにエラを洗ったのです。

紗幕の向こうにポツンポツンと現れる外灯。

その一番向こうに、好恵（56）が現れる。

好恵　さぁ、もう一歩、こちらにいらっしゃい。
箕倉　……。
好恵　……箕倉さん、でしたよね？
箕倉　(気が付いて) あなた……、
好恵　そこをまたげば平塚市はおしまい。こちらは伊勢原市です。さぁ！
箕倉　……えっと、
好恵　私達はあなたの力を必要としていますし、あなたも私達を必要としているはずです。
箕倉　……私達？

秘書の愛猫家と伊勢原市民の労働者達が現れる。

愛猫家　私達は伊勢原市労働組合です！

♪伊勢原労働組合のテーマ

労働歌風のメロディの中、歌い踊る労働者。

労働者　♪境界線をまたぎませんか？
（♪ボーダー、ボーダー）
労働者　♪境界線をまたぎませんか？
（♪ほうら、ほうら）
箕倉　これは一体……、
好恵　かつて私も失意の中でこの川を渡りました。土地を変えるのはいいことです。道を一本、川を一本渡るだけで世界は変わります。おすすめは電車でつながっていない隣り町です。一番近い別世界。新しくやり直せます。人生は、住所で変わるんです。
箕倉　別に変えたいと思っていませんが……。
好恵　現状に満足している人は、魚と目が合ったりしませんよ！

曲、展開して、労働者達、踊り出す。

好恵　♪海の向こうの戦争を　本気で悲しんだりできないねと
♪遠くに住む恋人が　手紙に書いて寄越したけれど
♪大好きなその人の　顔がどうにも思い出せない
♪感情は　紙飛行機　遠くまでは届かない

♪住み慣れたこの町の　どの景色にもうんざりで
♪知らない方へ知らない方へと　角を曲がってやってきた
♪今はもう　あの町に　住んでいたのが嘘のよう
♪思い出は　地縛霊　遠くまでは追ってこない

箕倉　……。……（かすかに口ずさみ）♪思い出は？
好恵　♪地縛霊……、
箕倉　……人生は、住所で変わりますか。
好恵　（うなずいて、手招きする）
箕倉　（境界線をまたぐ）

箕倉、一同に連れられて、伊勢原へと去っていく。

12　諸星衛生事務所

大と小子が事務所で会話している。

事務所は以前と変わらぬ乱雑さで、諸星グループの繁栄を垣間見ることは出来ない。
　隅に社員が二人、控えている。

小子　(怪訝そうな顔で) ふーん……、
大　なんだその顔、
小子　だってお父さんの話、嘘多いから。
大　いや、骨なんか簡単に砕いちゃうんだよ、すごいんだ豚って。
小子　えーだったら見たかったけど。

　売春婦の猪目子の押す車椅子に乗って、良夫がやってくる。

社員達　おはようございます。
大　遅せぇよ。
良夫　あぁ。

　良夫、車椅子からヨロヨロと立ち上がり、事務所の椅子に座る。どうやら自力で歩くことは出来るようである。

社員①　では、我々は。

　　社員達、去っていく。

大夫　なんだよ。わざわざこんな場所で。

　　猪目子が酒の準備をする。

良夫　諸星衛生の出発点はここだ。駅前に自社ビルを建てようが、初心に戻る意味はある。
大夫　は？
良夫　今後はここで定例会議を、
大夫　おい、戻りたくねぇよ、初心なんか。
良夫　……。
大夫　初心ってのは無知な頃の志だろ？　そんなものにしがみついてどうする？
良夫　いや、別に、
大夫　くだらないこと言ってんなよ。
小子　ね、おじいちゃんの話、聞いてあげようよ。

良夫　（気を遣われて傷つくが）……いや、まぁ、じゃあ場所はまた考えるが、定例会議は定例会議だ。……乾杯。

大　……（飲み干して）で？

良夫、分厚いファイルを出して、

良夫　……市役所にこんなものが届いてるらしい。

大　〝諸星グループの横暴を……〟、って十年以上言われ続けてるよ。

良夫　悪口なら言わせておけばいいが、これはウチに有利な条例の変更を求める嘆願書だ。

大　嘆願書？

良夫　嘆願書となると、議会の議案にあがるし、議事録にも残る制度になっている。あまりよろしくない。

大　そういう制度も長沼のじじぃが作ったんだろ？　ガス抜きさせておいて握り潰す仕組みなんだよ。

良夫　わかっているが、

大　敵が作った制度に則って戦っても負けるに決まってる。そんなことも理解してない連中だ。気にするな。

良夫　……。

大　そもそも、抗議行動ってのは持久戦だぜ？　貧乏人には務まらねぇし、金持ちは俺達の味方なんだぞ？

良夫　俺に講釈を……、

　と、火炎ビンを持った放火魔が飛び込んでくる。

放火魔　諸星に天誅を――！

　火炎ビンにライターで火をつけようとするが、つかない。
　大と小子はその様子を平然と見守る。
　その脇であたふたする良夫。
　社員①②が飛び込んできて、放火魔を捕まえる。

放火魔　放せ！　よりよい平塚のために必要な手段なのだ！

良夫　（その辺の物を摑んで、ヨロヨロと）この野郎……、

大　（良夫を押しのけて）よぉ正義の味方！

放火魔　……。

大　火炎ビンっていう発想が安易なんだよ。こっちは金と時間とアイデアと労力を割い

て、一生懸命悪事を働いてんだ。

放火魔　……え？

大　簡単に望むものを手に入れようとしちゃダメだ！　努力を怠るな！

放火魔　……すいませんでした。

社員①②、放火魔を連れ去る。

良夫　……。

大　やれやれ。

大、良夫のコップに酒を注ぐ。

良夫　……さっさと酔わせて帰りたいか？

大　……そんなんじゃねぇよ。

良夫　……おい。踊るぞ。

猪目子　はい。

大　……会……議は？　……おい、

猪目子、レコードをかける。
平塚音頭が流れ出す。
良夫、踊り出すが、ヨロヨロしてついていけない。

良夫　……回転落とせ。

猪目子、レコードの回転を落とす。
おどろおどろしい声になった音頭に合わせて、ゆっくり踊る良夫。

大　これ、刺された時の曲じゃねぇか。よく踊る気になれるな。

小子　(急に不機嫌になり)……私、友達と約束あるから。

小子、さっさと帰ってしまう。
良夫、返事をせずに踊り続ける。

大　これも初心忘れるべからず、ですか?

大、去っていく。

良　夫　……。

良夫、無言で踊っていたが、突然、猪目子を殴る。

猪目子　ちょっと……、殴るのは、人前だけって約束でしょ？
良　夫　あ……、つい。
猪目子　誰もいないところで殴るのは暴力だからね!?
良　夫　はい。
猪目子　人前で殴るのは、男の見栄ね。それは理解できちゃうタイプのダメな女ですけど。
今、殴るのは、
良　夫　だから、ごめんなさい。
猪目子　……「ごめんなさい」じゃねぇよ！

猪目子、飛びかかって、良夫の服を剝ぐ。
良夫、一瞬で裸に。

良　夫　きゃぁ！

同時にバスタオル一枚の長沼が現れ、そこはサウナになる。

長沼　いや、うらやましい。

13　サウナ

サウナには他に客・やせ我慢が一人。

良夫　うらやましい？
長沼　戦争であっちがあれになってから、見栄を張る気力はなくなりました。
良夫　はぁ……、
長沼　あれの立ちと見栄の張りは比例するものです。
良夫　見栄を捨てれば捨てるほど、そそり立つ性分ですから。
やせ我慢　……。

長沼、やせ我慢の視線を感じて、良夫に近づき、

長沼　……ま、大君の言うとおり、議会の方は抑えます。ただし抑えすぎて、こぼしてしまうのはもったいない。
良夫　……こぼす？
長沼　我々の庇護の下、大きく育った市民達が、引っ越してしまうのは避けたいのです。
良夫　確かに、これからが収穫時期だ。
長沼　そう。人口の流出は消費者の流出、すなわちあなたの財布から金が逃げていく。人は多いに越したことはない。
良夫　バカは子だくさんと言いますから、バカを増やしますか。
長沼　市民はもう充分バカです。
良夫　確かに。
長沼　それよりも今いる市民に、オラが町に愛着を持ってもらう。進学で都会に出てもまた戻ってきてもらう。仕事は横浜で、でも家を買うなら平塚で、と思ってもらう。職場にいる別の町の人間に、平塚はいい町よ、あんたもどう？　と吹聴して……、
良夫　なんだか気長な策ですね。
長沼　でもこれを、テレビを通して、即効性のある策にする。
良夫　……は？
やせ我慢　限界だ！

やせ我慢、前を隠して出ていくが途中からタオルを肩に。

良夫　……。……テレビって？
長沼　次の駅伝で、実験的にテレビカメラを入れるそうです。
良夫　箱根に？
長沼　そう。箱根駅伝をテレビで放送するんです。
良夫　はぁ。……のぼせてきた、続きは外で。

良夫は立ち上がるが、長沼はその腕を摑む。

良夫　……？
長沼　この件で、一人お借りしたいんです。
良夫　そりゃ言ってもらえれば、
長沼　是非、大君を。
良夫　……何に使うんです？
長沼　3区がいいと思ってます。戸塚から平塚まで。地元出身者の必死の顔がテレビで大写しに！　市民のハートを突き刺しますよ。

良夫　ちょっと意味が、
長沼　大君に、箱根駅伝に出てもらい、平塚市の名前を売ってもらいたいんです。
良夫　……あれももう四十を超えましたよ。
長沼　（無視して）市内の大学と言えば？
良夫　T海大ですか。
長沼　あそこならツテはいくらでも。
良夫　……あいつは運動なんて、
長沼　構いません。脱水症状のフリをしてバタンで涙の棄権。負ける姿にこそ共感するのが、庶民という名の負け犬達です。
良夫　……そんなことで人口が、
長沼　いくつかのプランのひとつですよ。足し算です。でも大君自身の名前も売れる。判官贔屓を利用して、将来、出馬する際にかなり有利に、
良夫　出馬？
長沼　えぇ。
良夫　……。
長沼　私も長くないですよ。後継者が欲しくなりまして。
良夫　……。
長沼　……のぼせてきた。続きは外で。

長沼は立ち上がるが、今度は良夫がその腕を摑んで引き留める。

良夫　……調子いいこと言うなよ。
長沼　……はい？
良夫　あんたが矢面に立ってるから、こっちは裏で汚いことをしてきたんだ。今度は、最前線で犠牲になれっていうのか？
長沼　あんたに犠牲になれと言ってない。息子の話だ。
良夫　だから、
長沼　息子は息子。あんたじゃない。
良夫　……。
長沼　孫娘もだ。小子君はあんたじゃない。血がつながってるくらいで、情が湧いたりしてねぇだろうな？
良夫　……。
長沼　諸星さん、ここは謙虚になりましょうよ。罪を重ねる生き方をしていながら幸せになれるのはせいぜい一人です。一族まとめてなんて、そんな強欲な……、
良夫　わかってます。
長沼　よかった。そこを日和《ひよ》られると話が変わってきますので。

良夫　ただ、その理屈だと、幸せになるのはあんた一人だ。

長沼　……。

良夫　一生分稼いだあんたは、このまま逃げ切ろうと、後継者という名の罪の被せ役を探してるわけだ。

長沼　……誤解は外で解きますよ。（と再び出ようとする）

良夫　（再度、腕を摑んで）この野郎。今更逃がさねぇぞ。

長沼　……いや、一旦水を、

出ようとする長沼と良夫の揉み合い、続けてお互いの腰のタオルを取り合う。見事にギリギリのところで取れないタオル。

サウナ店員①　ロウリュ入ります。

サウナ店員①②が来て、大判のタオルであおぎ出す。

サウナ店員③　ヴィヒタ入ります。

サウナ店員③④が来て、枝で二人を叩き出す。

その間も、揉み合い続ける良夫と長沼。

長沼　おい！　俺達がなにをしてきたかわかっているのか？
良夫　今すぐ何十回も失脚できるくらいのことをしてきたよ！
長沼　そうだ。そのことについて責任を持て！
良夫　は？
長沼　罪を被せたいんじゃない。嘘をつききりたいんだ。悪事はやりきる。それが大切だ。

♪老兵達のテーマ

長沼と良夫の歌。
そしてサウナ客達が現れ、踊り出す。盛り上げる映像。

長沼　♪夢を見させたい
♪誰しも騙されたまま
♪愛し愛されて　疑いを知らず
♪神に赦され　包まれていると信じてほしい

♪夜が訪れ　虎達に気付き
♪なにを奪われたのかを知ったならば
♪止まらない歯ぎしり（でも）
♪俺達からはなにも取り返せない

長沼　自分が騙されていたと気付いて、いい気分になるやつがいるか？　私は市民を傷つけたくはない。ポカンとしている間に、奪い尽くしたいんだ。家畜にわざわざ、あと一週間で出荷するぞ、なんて伝えるか？

良夫　……。

長沼　それは最低の行為だ。相手のためにも静かに盗め。

良夫　♪そう夜に生きる　虎としての使命
♪音もなく近づき　全てを奪う
♪悔しさや悲しさを
♪俺達は誰にも感じさせたくない

二人　♪夢を見させたい

♪誰しも騙されたまま
♪愛し愛されて　疑いを知らず
♪神に赦され　包まれていると信じてほしい

♪……安らかに　眠れ

良夫と長沼、サウナ店員達、歌い終わって去っていく。

空っぽのサウナ室。
と、椅子の底板が開いて、汗だくの禎吉が出てくる。

禎吉　……熱い!!　……水、……（周りを見回して）汗しかない。
禎吉、汗を飲みながら、どこかへ向かう。
禎吉の移動に合わせて、舞台は港の堤防へ。

14 平塚港

禎吉が港にやってくる。
顔の見えない釣り人が、堤防に座って釣りをしている。

禎吉　お待たせしました。

釣り人、振り返ると小子だった。

禎吉　釣りをするとは知りませんでした。
小子　夜中にただ立ってたら怪しいでしょ。

と、小子、なにか釣りあげる。

禎吉　……ナマズですか。海にもいるんですね。
小子　ゴンズイ。
禎吉　へぇ（と針から外してあげようとするが）……痛い！

小子　ヒレに毒あるよ。
禎吉　遅い！
小子　で、定期報告は？
禎吉　（小さい声で）痛いし遅いです。
小子　復讐と関係ないことは、自分で解決して。

波の音。

禎吉　……報告します。計画を早めましょう。
小子　ダメ。
禎吉　小子さん、
小子　まだダメ。
禎吉　……お母さんを殺したのは、あなたのお父さんなんですよ？
小子　知ってる。
禎吉　じゃあ、お父さんを殺して、おしまいでいいじゃないですか。いつまで……、
小子　禎吉は、さっさと復讐を済ませて、すっきりしたいだけなんでしょ？
禎吉　そんなことは、
小子　で、お母さんのことを忘れたいんだよね。自分の人生があるもん。いつまでも死ん

だ人のこと、

禎吉　そんなこと……、そんなこと……、そんなこと……！

小子　……なに？

禎吉　小子さんはお母さんに会ったことがないでしょう？

小子　……だからなに？

禎吉　僕の復讐心は現実の経験をもとに湧き上がってくるものです。君は想像だけで、

小子　ねぇ！　……想像よりも現実の方が勝ってるだなんて、そんな、つまらないこと……、

白衣にも法衣にも見える服を着た人々が現れてコーラスに。

小子　♪言うつもりじゃないでしょうね？

♪母への想いのテーマ

小子　♪やさしい　あの笑顔
♪私の中にしか　いないから

♪どこまでも　いつまでも　いついつまでも
♪愛せるの

♪注ぐ　ひかり　目をほそめ　みれば
♪あなたがいる
♪草をすべる　露のように
♪よろこびが　おどりだす

小子　♪（スキャット）
コーラス　♪（だ・か・ら・こ・そ）
小子　♪この恨み　はらさでおくべきか

15 阿夫利教の教会

舞台はそのまま教会と神社を合わせたような建物に変わっていき、小子と禎吉は去っていく。コーラス隊は残り、信者になる。

そこへ好恵と秘書の愛猫家が現れ、

箕倉　……（神社風の建物が気になる）ここが、

好恵　伊勢原市労働組合です。

箕倉　あぁ、（妙な服が気になる）えっと……、みなさんは……？

好恵　いろんな職場から集まっているけど、最初の工場の仲間が一番多いかな。

箕倉　……工場？

好恵　そう。平塚を追われて、旦那とも別れた私は、伊勢原市の小さなお惣菜工場で働き始めたのです。

♪コロッケとメンチのテーマ

信者達、踊り出す。

好恵　♪アサ早くからユウヤケコヤケまで

コーラス　♪（コロッケメンチ　コロッケメンチ）

好恵　♪アツアツのうち　仕分けるオシゴトです

コーラス　♪（コロッケは右　メンチは左）
好恵　一日十時間。ベルトコンベアで運ばれてくるコロッケとメンチを仕分け続けるの。
♪気が狂いそうになったわ！
箕倉　最初から別々に揚げれば……、

先輩工員が現れて、

先輩　♪瀬田さん　モシャ　悩みアルでしょう？
好恵　♪（きっとアタシを　ワカッテくれる）
先輩　♪優しいヒトの　集まりがアルよ
好恵　♪（きっとアタシを　スクッテくれる）

信者達、帽子をずり下げると怪しいマスクになる。

好恵　そこは正義という名の下なら　なにをしたっていいという人達の　集まりでした。
♪それが　伊勢原市労働組合！
労働者　（口々に）路上禁煙！／ジェンダー！／クジラ大好き！／全部陰謀だ！／母乳で育

てろ！／パワセクジェネハラ！

好恵・一同　♪間違ってるから　直させて

コーラス　♪（忠告　コーション　アテンション）

好恵・一同　♪はみだしてるから　改めて

コーラス　♪（忠告　コーション　アテンション）

好　恵　♪気にくわないから　懲らしめます

好　恵　彼らは、間違っている人を正していないと存在価値がないので、四六時中、ターゲットを探しているのです。……そこで私はいい人を教えてあげました。

好恵、白衣の労働者達に説明する。全身を使って。

好　恵　……（手振りで）右手が長沼、左手が諸星衛生、で、（足もあげて）右足が、

労働者達　許せない！

好　恵　♪さぁ……、

コーラス　♪（だ・か・ら・こ・そ）

好恵・一同　♪この恨み　はらさでおくべきか

歌終わって、

箕倉　……成り立ちはわかりましたが……、この服は？

好恵　怪しい宗教みたい？

箕倉　いや、うーん……、

好恵　（マークを指して）あれ、見て。

箕倉　……大きな山ですね。

好恵　そのまんま、大山って名前の山ね。標高は1252メートル。どういう意味かわかる？

箕倉　さぁ。

好恵　雨雲の高さと大体同じなの。つまり大山の頂上が隠れるまで雲が下りてくると雨になる。それもあって、あの山には阿夫利神社って水の神様が祀ってあって、干ばつの時には雨乞いの儀式が行われたりしてきたの。それをシンボルマークにしています。……宗教みたい？

箕倉　まぁ、その、農家の方には大事なことなので組合としても、

好恵　伊勢原労働組合の裏の名前は、新興宗教アフリ教って言うの。……宗教みたい？

箕倉　宗教ですよね、それはもう。

好恵　でも大丈夫、私、神様信じてないから。
箕倉　はぁ、……え？

信者①が現れて、

信者①　あの、組合長。
好恵　どうしたの？
信者①　おかげですっかり店の方も持ち直しまして。ありがとうございます。
好恵　私じゃなくて、アフリ様に感謝してね。
信者①　今日ってアフリ様は……？
好恵　忙しいみたい。
信者①　ではまた伺います。
箕倉　アフリ様って何か特別な力が……？
好恵　普通の人だよ。
箕倉　じゃあ詐欺……、
好恵　商売がよくなったのは、その人が頑張ったから。病気が直ったのは、諦めずに病院に通ったから。トラブルが解決したのは解決に必死に奔走したから。じゃあどうしてそれだけ頑張れたかというと、アフリ様がいたから。

箕倉　ん？
好恵　信じるものがあると頑張れるでしょ？
箕倉　あぁ。
好恵　神様は信じてないけど、なにかを信じる力は必要だから。
箕倉　……で、そういう理屈で集めたこの集団を、何に使うつもりですか？
好恵　……（笑って）たっぷり溜め込んでから、有効活用します。
箕倉　……？

暗転。

16　住宅団地

テロップ［昭和54年（1979年）10月］
すっかり姿の変わった住宅団地。
ラブホテルや風俗の看板が増えている。
「トルコ風呂はじめました」等の看板も見える。

住人（消防団・総務・田舎者・薄着・寝不足）の怒鳴り声が聞こえ、治安が悪いようだ。

そこへ現れる、コートの襟を立てた禎吉。

禎吉　……。

何かに気付き、去っていく。

と、別エリアに良夫、長沼、大、猪目子、長沼の秘書・禁煙中が現れる。

大　……それと、こっちの一画まで買収は済んでるんで、先に工事を始めちゃえばいいかと。

良夫　後々面倒に、

大　（無視して）目の前に競輪場がどんどん建っていったら、さすがにこいつらも立ち退くでしょう。

長沼　あ、うん。

良夫　……。

新たに主婦サザエ、タイコが出てきて、住人達と喧嘩しだす。

サザエ　あんたら毎日毎日毎日、うるさいね！
住人一同　（もはや人の言葉でない言語でわめく）
長　沼　活気がありますね。
良　夫　ほんとうに。

先程とは別の場所から禎吉が現れる。
手にはナイフ。
ゆっくり近づこうとした時、顔を隠した男が現れる。

楢　太　おい。
禎　吉　……？
楢　太　覚えているか。

と顔を隠したものを取ると、楢太である。

禎吉　……あ！　小4の時、
楢太　瀬田肥料の、
禎吉　……田肥料の社長さんですよね。
楢太　……そうだ。
禎吉　ご無沙汰してます。
楢太　事情は察するが、万が一、失敗されると迷惑だ。諸星のガードがかたくなる。
禎吉　でも、
楢太　せめて長沼がいない時にしろ。あいつならその辺にボディガードを控えさせてるに決まってる。
禎吉　じゃああなたはどうやって、
楢太　（腹に巻いたダイナマイトを見せる）
禎吉　……自爆覚悟ってことですか？
楢太　（ダイナマイトで殴る）
禎吉　……！
楢太　セメントの棒だ。こいつでぶん殴る。
禎吉　……痛てぇぇぇ！
楢太　バカ！（静かに！）

と、警官・吉村がやってくる。
吉村、良夫に近づき、突然発砲。

吉村　死ねぇ！

吉村、回転式の銃を数発撃つが、全て消防団に流れて被弾。

良夫　全ての流れ弾が、あの人に！
禁煙中　この野郎……！

吉村と禁煙中、揉み合う。
住人達が騒ぎを聞きつけ集まりだす。

楢太　……いくぞ。
禎吉　え？
楢太　ボディガードなんかいなかった。ほら！
禎吉　えぇ。

一方の長沼は、角材を拾い、

長沼　いつぞやの巡査長か。

吉村　諸星！　あ、あと長沼！　お前らが諸悪の根源だ！

大　この野郎……、

長沼　（制して）諸悪であるが、根源ではない。私は世にはびこる悪の模倣者でしかない。そのことに引け目を感じているくらいだ。独創的な悪行を為しえる才が私にはないのだ。今も、誰もが思いつく方法で君へ制裁しようとしている。

長沼、角材を吉村に振り下ろす。揉み合っている禁煙中も一緒に構わず打ち続ける。

長沼　（絶叫）

禁煙中　先生！　先生！　痛い！

と、禎吉と榴太が大に襲いかかる。

禎吉　わぁぁぁぁ！

大　!?

猪目子、自分が襲われると思って、思わず良夫を車椅子ごと突き出す。

禎吉と楢太、車椅子に突き飛ばされ、倒れ込む。

猪目子　危なかった……、

良夫　お前、今……、

大　おい、暴漢だ！　暴漢がいるぞ！

住人達も大騒ぎ。手に武器になりそうなものを取る。

野次馬達が集まってくる。

楢太　待ってください！　……我々は、諸星親子を殺したいだけです！

禎吉　みなさんにご迷惑はおかけしません！

良夫　禎吉か。

禎吉　……ご無沙汰してます。

住人④　……殺人犯は町内から出てけ！

禎吉　いや、ですからね、

楢太　邪魔すると、一緒に殺しますよ。

禎吉と楢太、改めて構える。

住人達、一歩下がる。

大　……やれやれだな。

大、脇にいる主婦のブラジャーを一瞬で引き抜く。

良夫は猪目子の股から愛液を飛ばす決めポーズ。

大　……さて。

戦いが始まる、

良夫はすぐに住人から角材を受け取り、それを武器に。

吉村は秘書に捕まったまま、その場に押さえ込まれている。

長沼は、二度三度、相手をした後、住人に促され、さっさと逃げていく。

禎吉と楢太、いいようにあしらわれる。

と、楢太が吉村の拳銃を奪い、構える。
一同の動きが止まる。

大　バカ、もう全部、撃っちゃったよ。
楢太　銃声を数えてた。あと一発残ってるはずだ。
大・良夫　……。

緊張の間。
と、じりじりと周りの住人が大と良夫の前に移動してきて、かばおうとする。

禎吉　……危ないですよ、みなさん。
サザエ　諸星親子に手を出さないで！
禎吉・楢太　は？

♪平塚市民のテーマ

住人達が輪になって歌い出す。

そして野次馬達の踊り。

サザエ　♪私は諸星病院の看護婦
寝不足　♪俺は諸星タクシーの運転手
タイコ　♪私立諸星学園の先生です
総　務　俺は諸星工務店の営業！
田舎者　オイラ、ソープ諸星のボーイ！
薄　着　諸星遊園地の着ぐるみの中の人！
消防団　諸星ジャイアンツの4番サード！
一　同　♪諸星で飯を食ってる　召し抱えてもらってる
　　　　♪王様が　なにをしてようが構わない
　　　　♪給料くれればいい　給料くれればいい
檜　太　あなた達は安い給料で搾取されてるんです！
禎　吉　その少ない給料で、スーパー諸星で買い物して、諸星不動産の扱う団地に家賃払って……、全部巻き上げられてるんですよ！
総　務　だとしても、諸星グループは好調だ。勝ち馬に乗るには、それなりの乗馬賃を払うものだろ。

田舎者　強い王様につき、裕福なしもべになるのが庶民の夢！

楢　太　目を覚ませ！

楢太、発砲。

住人の薄着が大と良夫をかばって被弾。死ぬ。

楢　太　……えぇ、

一　同　♪諸星で飯を食ってる　召し抱えてもらってる

♪王様は　悪くなきゃつとまらない

♪給料くれればいい　給料くれればいい

住人一同、禎吉と楢太を取り囲み、袋叩きに。

田舎者　ちょっと待て。君！　燻《いぶ》されてないか？

愛猫家　え？

住人の中にいつのまにか愛猫家が紛れており、その身体から煙りがあがっている。
すぐに辺りが煙りにつつまれ、大騒ぎに。
愛猫家は、煙りの中、楢太を連れて去っていく。

禎吉　（楢太が去るのに気付いて）ちょっと！

と、小子が現れ、

小子　禎吉！

禎吉　……あ、

小子、禎吉を連れて去っていく。
住人達もバラバラに去り、大、良夫、猪目子、秘書・禁煙中、警官・吉村が残った。

良夫　おい。

秘書　はい？
良夫　帰れ。
秘書　あ、はい。

禁煙中、逃げるように去る。

良夫　……お前、誰に頼まれた？
吉村　……。
良夫　言え！
大　いいよ、親父。この町にはもううんざりだ。
良夫　見たろ？　味方も沢山……、
大　味方は取り込み切った。残りは敵だ。そう考えると、事業も成長の余地がない。
良夫　だからこそ駅伝に、
大　会社は捨てよう。別の土地でやり直せるだけの金は充分ある。
良夫　!?　……なにを突然、
大　悪いことしてるやつは他にもいるのに、俺達だけ叩くのは、うんこ屋だからだ。下に見てた俺達が金を持つのが悔しいんだよ。それで、正義のフリして……、
良夫　だからこそ尻尾巻いてる場合じゃ、

大　（無視して）というわけで、俺達が逃げる手伝いをしろ。
吉村　は？
良夫　大！
大　（良夫を制して）お前も長沼に逆らったからには平塚にはいられないだろ？　逃走資金をやる。だから手伝え。
吉村　……えっと、……じゃあ、はい。
良夫　おい、
大　よし。逃げる時間を稼ぎたいから、そうだな、2時間後、15時半きっかりに、お前の雇い主に電話しろ。「諸星親子は北海道に逃げました」ってな。それだけで一生、遊んで暮らせる金をやる。（良夫に）その間に、暖かい方に逃げよう。
良夫　……俺は逃げるつもりは、

大、良夫を車椅子に蹴り飛ばして座らせ、

大　（吉村に）しっかりやれよ。

吉村、逃げるように去っていく。
入れ替わるように小子に連れられて、禎吉がやってくる。舞台は裏路地になる。

17 とある裏路地

禎吉　……すいませんでした。
小子　（カバンから魚を出して放り投げる）
禎吉　（思わず摑み）……痛い！
小子　ヒレに毒あるよ。
禎吉　……知ってる！
小子　今回はそれで許すけど、タイミングは間違わないで。
禎吉　……小子さんの言うタイミングっていつなんですか？
小子　言ってなかった？　一月二日だよ。
禎吉　……え？

別エリアに愛猫家と楢太の姿が見える。
箕倉が好恵を連れてくる。

箕倉　こちらです。

檜太　あ……、

好恵　荒《すさ》んだ生活が透けて見える風貌だね。

檜太　……そっちはずいぶん順調そうだ。

好恵　気持ちはわかるけど、タイミングは間違わないで。

檜太　……タイミングを待てば、いいことあるのか？

好恵　協力する？

檜太　……どうかな、諸星グループが潰れると、生活に困る人もいるってことを思い知ったばかりだからな。

エリア、切り替わり、

小子　だからなに？　困る人がいるから復讐は中断？

禎吉　……いえ、他人の暮らしはどうでもいいです。って言い切れる自分にびっくりしてるっていうだけです。

エリア、共存して、

好恵　本当にどうでもいいの？

檜太　あぁ。奴隷同士団結しなきゃ勝てないと思ってたけどさ。団結の末路を見ちゃったからなぁ。
好恵　そう、
禎吉　というわけで改めて、
禎吉・檜太　協力します／協力するよ。

18　長沼の事務所

自分の事務所にてタバコを吸っている長沼。落ち着かない様子。
そこへ秘書・禁煙中が帰ってくる。

長沼　……お前か。
禁煙中　はい。
長沼　驚かすな。
禁煙中　すいません。諸星さんが。
長沼　……。……通せ。

良夫と大と猪目子が入ってくる。

大　……無事でしたか。

長沼　顔を合わせづらいな。

大　なぜ？

長沼　君達を置いて逃げた。

大　俺も先生置いて、逃げるつもりでしたよ。逃がしてもらえなかっただけで。

長沼　そうか。

大　えぇ。

長沼　……。

大　……。

長沼　ま、帰ってゆっくり休んだらどうだ。

良夫　一杯、飲ませてくれませんか？

長沼　……ここで？

良夫　帰りに寄った店でまた襲われたらかなわない。

長沼　……そうだ、もらいものならいくらでもある。

長沼、棚から高そうな酒を出す。

長沼　持って帰って、家で飲んでください。
良夫　なんて酒ですか？
長沼　さぁ。（秘書に）おい。
禁煙中　はい。（と、二人を送ろうとする）
大　そういえば……、あの計画、聞かせてくださいよ。
長沼　え？
大　駅伝の話。僕、ちゃんと聞いてないんですよ。
禁煙中　資料にまとめてあります。（資料を探し出す）
長沼　……大学の方には話はついている。大君はすでに、T海大の一回生だ。陸上部の中から不満が出ないように、君はかなりの実力者ということになっている。もちろん、当日、君はかつてない調子の悪さで大した走りは出来ないわけだが、その時は後の祭りだ。（秘書に早く資料を渡せとの身振り）
禁煙中　（資料をホチキスで留めます、と身振り）
大　……。（腕時計をチラリと見る）
長沼　平塚中継所の少し前からフラつき、カメラの注目を集める。その後、中継所の直前で倒れる。監督が駆け寄る。手を触れると棄権だから、と監督は迷う。君は中継のマイクの位置を把握した上で叫ぶ。〝平塚のみなさんのためにも……〟

大　（時計を見たまま）あ、もういいです。
長沼　ん？
大　15時半なんで。行かないと。
長沼　……？、そうか、じゃあまた。

大と良夫、事務所の出口へ向かう。

禁煙中　こちら、先程の件が文面に。（と資料を渡す）

と、電話が鳴る。
大と良夫の足が止まる。
長沼、受話器を取る。

長沼　……もしもし。……うん。……うん。……（小声になり）北海道に逃げた？
大　先生？
長沼　え？

長沼が振り返ると、すでに良夫が禁煙中を殺している。

長沼　……あ、

大、長沼の頭を摑むと、机に叩きつける。

机、真っ二つに割れる。

良夫、ふらつく長沼の顔に、ホチキスで紙を貼り付けていく。

良夫　(針を刺しながら)……ふざけやがって、……結婚式のあれもお前か、……おい!
……おい!

長沼、そのまま絶命。

大　……照れくさいな。
良夫　……ん?
大　まさに親子って感じの息の合い方だった。
良夫　……まずいぞ。長沼の重しがなくなったら、今まで味方だった連中も、俺達を食い
荒らしにくるに決まってる。
大　で?

良夫　え？

大　跡継ぎのレールは先生が敷いてくださった。しっかり全うするだけだ。

良夫　駅伝か……。

大　それで雑音も収まるんだろ？

良夫　……どうだろうなぁ。

大　弱気になるなよ。俺達を守ろうとしてくれた、あの奴隷達の姿を思い出せ！

良夫　健気だったなぁ……、あいつら。

大　あぁ。

良夫　（ちょっと涙ぐんで）これからも搾取してあげなきゃと強く思ったよ。

大　……あぁ。責任重大だ。

大と良夫、出ていく。

間

しばらくして長沼が起き上がる。
事務所を見回す。
妙な場所から箕倉が現れる。

箕倉　……先生。
長沼　君か。
箕倉　えー私でいいんですか？
長沼　ん？
箕倉　今際の際に登場させる幻が、私なんかでいいのかなって。
長沼　……きんたま、ちんぽだな。
箕倉　え？
長沼　上海で撃たれて、立たなくなったのが運の尽きだ。
箕倉　……。
長沼　ちんぽが立てば、君に狂うだけで満足の人生だったんじゃないか。……そういう意味では、愛とは尊いな。
箕倉　……先生。なんでも言ってください。
長沼　箕倉君、……乳首、吸わせてくれ。

箕倉、（客席に背を向け）ゆっくりと胸を出し、長沼が乳首を口に含む。
二人、事務所ごとゆっくりと消えていく。
暗転。

19 平塚中継所

暗転の中、駅伝を実況する音声が聞こえてくる。

実況（声）……先頭をいく中央大学を始め、安定した走りをみせています。今年はここまで波乱のない展開と言っていいでしょう。

解説（声）このまま平塚中継所までいくと、4区の3年生、布部君は相当な実力者ですから、中央の往路優勝がグッと近づいてきますね。

次第に明転していく。

舞台中央奥に、トラック風の座席が二つ。

その脇で、箕倉がカーラジオを聞いている。

箕倉　……。

と、好恵がやってくる。

箕倉　取ってきましたよ。
好恵　さすが、顔パス。
箕倉　とっくに通用しないですよ。普通に盗みましたから。
好恵　それはそれで、さすが。
レポーター（声）　実況のナカジマさん？
実況（声）　はい、ナカシマです。
レポーター（声）　こちら先頭から7分遅れの第三集団ですが、さらに地元・T海大学の諸星大選手が遅れ始めました。
箕倉　急ぎましょうか。

駅伝選手①②が幕②を上手→下手へ引いて、二人を隠していく。
同時に選手③④によって幕③が舞台最前エリアを下手→上手へ通り過ぎる。

×　　×　　×

幕③が通り過ぎると、幕の後ろの上手エリアに小子と禎吉がそれぞれ自転車に跨がって現れる。

禎吉　この先は人が多すぎます。歩きましょう。（と自転車を降りる）

小子　……禎吉。
禎吉　はい？
小子　失敗したらもう会えないだろうし、うまくいっても、もう会わない方がいいと思う。
禎吉　……騒ぎになるでしょうしね。
小子　何かひとつだけ。私をお母さんだと思って、したいことしていいよ。
禎吉　（やらしい妄想が飛び交うが）……三歩、いや二歩、……ここは一歩。……一歩後ろを歩いていいですか？
小子　……うん、急ごう。
禎吉　はい。

小子の一歩後ろをついて歩く禎吉。
駅伝選手⑤⑥が幕①を下手↓上手と引いてきて、二人を隠す。
集団の最後尾には大がいる。
×　　×　　×　　×
幕①を閉じた状態のまま、選手⑤⑥が走り抜け、大だけが舞台に残る。
幕①の裏では、選手①②によって幕②も閉まる。

レポーター（声）　さぁ、39歳での初出場。今年大注目の諸星選手ですが、表情がさらに険しくなってきました。

大　（ふらつく）

レポーター（声）　実況のナカジマさん？

実況（声）　はい、ナカシマです。

レポーター（声）　諸星選手が、もう立ち止まりそう、……あぁ立ち止まりました！

大　（辺りを見回す）

レポーター（声）　今、伴走車を探している様子です。

×　×　×　×

幕①が下手へ開いていく。幕②は奥で閉まったまま。
幕の後ろから、カメラを構えた駅伝記者①②③と旗をもった沿道の客①②③④が現れる。

大　……（記者に）テレビの中継カメラは？

駅伝記者　え？　あぁ……（指差す）

上手前エリアにテレビカメラとレポーターが現れる。大、フラフラとそちらに近づき、

レポーター　諸星選手、うつろな目でなにかこちらに訴……、

大　（カメラを見て、襷を握り）襷は……、必ず、つなぎます！

大、そう叫んで倒れる。一斉にシャッター音。

×　　×　　×　　×

選手⑤⑥が幕①を下手→上手と閉めていく。

レポーター　諸星選手の諦めない姿に沿道から大きな拍手とすすり泣きが聞こえます！

大（声）　平塚市民のみなさぁぁん！　力をくださぁぁい！

入れ違うように幕②が選手①②によって、下手へと開く。

×　　×　　×　　×

好恵と箕倉が運転中。

カーラジオから「平塚市民のみなさぁぁん！　力をくださぁぁい！」という声が聞こえる。

好　恵　始まった！　急いで！

箕倉　大分重くなっちゃったんですよ。

と、楢太が現れ、

楢太　こっちは通行止めだ、迂回しろ！

好恵　間に合わないから！

レポーターとカメラマンの上手奥の袖から現れて、

レポーター　あぁっと！　諸星選手がついに、ついに、

幕①が選手⑤⑥によって、上手→下手と通り過ぎていく。
同時に幕②も選手①②によって閉められる。

×　　×　　×　　×

幕①が通り過ぎると、記者達と沿道の客達（⑤⑥追加）が舞台奥に向かって芝居中。

レポーター　走れなくなってしまいました。しかし、ヘビのように中継所を目指します！

幕②が選手①②によって上手へと開く。

×　　×　　×　　×

開いた幕のセンターから、大が舞台ツラに向かって、這ってくる。

『十戒』のように記者と客を割って、前進する大。

監督が現れ、

監督　……諸星！、やめろ！　棄権でいいよな？

大　(泣きながら) 監督！　俺、走りたいです！

監督　もういい、充分だ！

大　……監督、……みんな！　……ごめん！！！

レポーター　(もらい泣き) テレビの前の皆様、諸星選手の健気な姿、伝わっていますでしょうか？

良夫(声)　諦めるのはまだ早い！

と、大の後ろで幕②が選手①②によって上手→下手へと通り過ぎる。

×　　×　　×　　×

幕②が通り過ぎると、良夫が現れる。

良夫　大！
大　親父……⁉
良夫　お父様だ。……大丈夫か、大。（と近寄る）
大　なんだよ。なにしに……、
良夫　聞け、大。沿道の声援を。見ろ、大。湘南の日差しが照らす、平塚の町を。ここで倒れたからには、ここで立ち上がる。それが平塚に生まれ育った人間の使命、宿命じゃないか？
記者達、シャッターを切る。
大　……何の話でしょうか、お父様。僕はこれ以上……、
良夫　わかっている。お前に無理はさせられない。
良夫、服を脱ぐとランニングに短パン姿だ。
大　は？
良夫　（襷を奪おうとする）俺が走る！

リポーター　あぁっと！　諸星選手のお父様が息子の代わりに走ろうとしています。なんと美しい親子愛……、

大　（襷を離さず、小声で）てめぇ……、なにするつもりだ。

良夫　倒れていろ！

大　あぁ？

良夫　……諸星は俺が一代で作り上げた帝国だ。俺がしゃぶり尽くす。次の平塚市長は俺だ。

大　……この野郎、

良夫　（沿道に向かって）……みなさまご安心ください、諸星良夫、諸星良夫が襷をつなぎます！　……息子の思いを引き継いで、足が不自由な諸星良夫、諸星良夫が一生懸命、走ります！

一斉に切られるシャッター音。
沿道の客からは大きな拍手。
良夫、大袈裟にフラフラしながら走りだす。
と、小子が飛び出してくる。

小子　負けないで！　おじいさま!?

大　小子⁉
良夫　え、あ？　おぉ、じいちゃん、頑張る！
小子　（大袈裟に涙を堪え）諸星小子、大の娘、良夫の孫、諸星小子が応援します！

カメラが一斉に小子の方を向いて、シャッターを切る。

♪負けないで（のような短調の曲）

小子の歌の間に、
中継所の横断幕が現れる。
良夫、走っているような、曲に合わせて踊っているような感じで、中継所を目指す。
猪目子に止められながら、良夫を追う大。
一同を記者がカメラを構えて、踊りながら追っていく。
幕②がこっそり閉まっていく。

小子　♪負けないで　ルールールールルル　最後まで　ララララーラ

♪どんなにナーナーナーナナナ　心は　ワワワワワ
♪追いかけて　浅はかな夢を

歌、終わって、
良夫、必死でたどりつき、次走者に襷を渡そうとするが、「失格です」と叫ぶ係員に取り上げられる。
が、次走者も係員も、雪崩れ込んでくる記者の中に見えなくなっていく。

記者①　今、走り終わっての感想を！
良　夫　どこの誰？
記者①　神奈川新聞の、
良　夫　テレビの人は？
レポーター　（挙手して）今のお気持ちを？
良　夫　諸星良夫と申します。いやぁ必死でした。十八年前、暴漢に襲われた息子を守るために負った怪我が完治していない中、頑張ったと思います。

大、割り込んできて、

大　息子というのは私、諸星大のことです。内緒にしていたんですが、父の怪我を治す願掛けをしていまして。八幡様の神主さんに相談したところ、お百度参りよりも一度の箱根だ、と言われ、挑戦致しました。親孝行だと思います。

記者一同　(困惑)

小子がどこからかビールケースを持ってきて立つ。
禎吉が現れ、

禎吉　(わざとらしく) あの子の話も聞きたいなぁ！　聞きたいなぁ！

レポーター　(気が付いて) ……娘さんにもお話を、

小子　……はい。諸星良夫の孫、諸星大の娘でございます。

一斉に切られるシャッター音。

小子　そして母はおりません。

レポーター　では、お父様とおじいさまに、

小子　(無視して) 母は、あの人に殺されました。

大　は？

レポーター　……すいません、もう一度。

小　子　母は諸星大に殺されました。それと十八年前、祖父と父が刺されたのは、沢山の人を殺して豚に喰わせた罰だと思います。

レポーター　えっと……、

大　……お前は何を、

小　子　真偽は後で確認するとして、一応、写真押さえておいた方がいいんじゃないですか？

記者達、大と良夫に向けて、ポツポツとシャッターを切り始め、やがて沿道の客も含め嵐のようなシャッター音。

良　夫　……撮るな！　……おい、止めろ！

良夫、カメラを取り上げて暴れる。が、その様子を他のカメラマンに撮影される。

大　（良夫に）やめろ！　おい！

小　子　あの人達、警察にも顔が利いて握り潰されちゃうんで、ぜひ全国ネットで報道してくださいい。

大　……お前、いつからこんな、

小子　生まれる前からに決まってんでしょ。

大　……。

小子　あんた、一度もお母さんの話をしなかったね。刑務所で少しは思い出してあげてよ。

レポーター　(カメラに) 諸星大容疑者は39歳。諸星良夫容疑……、(大の視線に気付いて止める)

大、記者と沿道の客を見回して、

大　親父も俺も捕まるとなると、お前が全部相続するのか。

小子　どうでもいい。

大　いや、それは我慢がならんな。

大、小子の首を襷で絞めようとする。

小子　ちょ……、助け……、

良夫　バカ、やめろ……、

良夫と禎吉、それぞれ止めようとするが、抑えきれない。

禎吉　……すいません、止めてください！　みなさん！

しかし記者達は写真を撮るばかりで誰も助けない。

禎吉　ちょっと……、みなさん！

大　うぉぉぉぉぉ！

声（好恵）　待ちなさい！

大　……ん？

と、好恵が現れる。

大　……お前は、

小子、隙を見て、大に一撃食らわし、逃げ出して好恵達のもとへ。

小子　……遅い！
好恵　ごめんね、アフリ様。
良夫　アフリ様……？
小子　あんた達に対抗するために、瀬田さんと協力して、地道に兵隊を揃えてたの。
好恵　うちの信者は今、八百人。
大　……カメラの前で戦争でもするつもりか？
好恵　二人とも社会的に抹殺したいんだけど、市民のみなさまはおつむが弱いから、いくら新聞やテレビが諸星グループの不正を暴いても理解が出来ないと思うのね。だから、もっとレベルの低いやり方を用意しました。
大　はぁ？
良夫　……（何かに気付き）この臭いは、
好恵　箕倉さん！

アスファルトをドリフトするタイヤの音が聞こえ、ブレーキ音と共になにやら衝突音。
幕②が消えると、バキュームカーが突っ込んでいた。
箕倉と楢太がフラフラと降りてくる。
バキュームカーには大きく諸星衛生と書いてある。

大　これは……、

小子　……懐かしい臭いがするでしょう？

好恵　今じゃ、下水道が整備されてすっかり出番がないから、八百人の信者から集めさせてもらったわ！

良夫　なにを？

好恵　言わずもがなでしょう？

箕倉　発射します！

　楢太がレバーを引き、ホースから大量の糞尿が大と良夫に浴びせられる。
　うんこまみれになる大と良夫。
　沿道の客は逃げ惑い、記者達はシャッターを切り続けている。

小子　みなさん、平塚の諸星です！　これが諸星一族です！

好恵　ほら！　最低のニュースとして、全国ネットで名を売りな！

小子　どこへ行っても物笑いの種だよ！

大・良夫　……ちきしょうぉぉぉぉぉぉ！

強い光が大と良夫を照らし、世界が止まる。

大　……親父、
良夫　息子。
大　……どう思う、これ？
良夫　政界進出は諦めだな。あとグループ内のサービス業は大打撃だ。運送系は持ちこたえるかな……、ただ逮捕されたらそれも、
大　（ビンタして）老けるな！
良夫　は？
大　よく見ろ！　気付かないのか？
良夫　……うんこは黄色や茶色だけでなく緑色のものも意外と多い。
大　違う！　金儲けのチャンスだ！
良夫　……、……あ、（殴る）
大　……っ！　……だろ？
良夫　……小子の野郎、ずいぶん長々と俺達を憎んでくれてたみたいだな。
大　それだよ、そこに引っかかった。
良夫　人は人を憎むことから逃れられない！
大　そう！

良夫　つまり憎しみは金になる！

大　どうする、武器でも売るか。

良夫　いや、それじゃあ憎しみに巻き込まれる。（記者を眺めて）それよりも、情報を売るっていうのはどうだ？

大　ん？

良夫　人は憎い奴のことが気になってしょうがない。こんな悪党がいるという情報を雑誌にして売るんだ。

大　……金の成る音が聞こえるようだ。

良夫　よし、まずは機材を確保しよう。

大と良夫、一同のカメラを取り上げていく。
その過程で、こちらを見て、満面の笑みで止まっている小子、好恵、禎吉、楢太に気付き、

良夫　（ふと動きを止める）

大　どうした？

良夫　平塚の王から、雑誌の編集長だ。……これは都落ちか？

大　いや、ころげ落ちては駆け上がる高揚感をまた味わうんだよ。

良夫　(寂しい笑顔)
大　初心に戻るの好きだろ？　前だけ見てたあの頃のことを思い出せ。
良夫　……未来が輝いて見えてたあの頃。あの頃が輝いて見える今日この頃……。
大　やめろ。希望を持て。
良夫　……らしくない言葉だな。
大　いいか？　こいつらがしつこく憎しみを持ち続けられたのは、いつか復讐が成就するという希望があったからだ。希望は頼りになる。
良夫　……。
大　俺達も胸に抱こう。
良夫　……息子！
大　親父！

♪諸星親子のテーマ（希望）

前奏。止まっていた世界が動きだす。

小子・好恵　わぁぁぁぁ！

小子達が再びうんこを撒き散らす。
空に向けて吹き上げるうんこ。
一瞬の間をおいて、空から大量のうんこが降ってくる。

大　♪真っ白な　窓を開け

良夫　♪あたらしい　ひかり浴びる
　　　♪ちっぽけな　喜びだけど
　　　♪集めたよね　二人で

大　♪こぼれおちた　あの日の涙
　　♪ぬぐうまえに　虹がかかる

良夫　♪まだ弱い　未来だけど
　　　♪この手に摑むには　……金払え

大　するな。
良夫　するよ。
大　これこそ金の成る匂いだよ。

良夫　ああ、平塚市民ときたら、どれだけ搾取をされても、なんとかなるさという、かすかな希望を捨てることがない。
大　その、かすかな希望を大きな金に換えてみせよう。
良夫　おぉぉぉぉ！（と漲り）……してその手段は？
大　今はなし！　だが、なんとかなるさと希望が爆ぜる！
大・良夫　♪（そう）金払え　金払え　金払え
♪俺らに
♪金払え　金払え　金払え
♪いついつまでも

一同が踊る中、歌が繰り返され、安易な希望が消費されていく……。

上演記録

ミュージカル 衛生 リズム&バキューム

脚本・演出 福原充則

《出演》

古田新太／尾上右近
咲妃みゆ／石田明
村上航／佐藤真弓
ともさかりえ／六角精児
稲葉俊一／今國雅彦／尾上菊三呂
甲斐祐次／加瀬澤拓未／久保田武人
後東ようこ／高山のえみ／竹口龍茶
新良エツ子／八尋雪綺／江見ひかる
エリザベス・マリー／おでぃ
かにえゆうき／鏑木信三／高橋伶奈

《スタッフ》

音楽・水野良樹（いきものがかり）／益田トッシュ
振付・振付稼業a・i・r：man
美術・稲田美智子
照明・斎藤真一郎
音響・藤森直樹
映像・石田肇
衣裳・高木阿友子
ヘアメイク・大宝みゆき
アクション・渥美博
歌唱指導・益田トッポ
稽古場ピアノ・井高寛朗
原案協力・藤井綾子
演出助手・相田剛志

舞台監督・二瓶剛雄／廣瀬次郎
制作・相場未江／藤本綾菜
制作統括・笠原健一
デスク・票券・岩崎泉希

宣伝・雲林院康行／小澤理絵（キョードーメディアス）
アシスタントプロデューサー・小川美和
プロデューサー・熊谷信也
企画製作・キョードー東京

《東京公演》

公演日程：2021年7月9日（金）
〜7月25日（日）
会場：TBS赤坂ACTシアター
主催：キョードー東京
TBS
キューブ
ローソンチケット
後援：BS-TBS
TBSラジオ
TOKYO FM

《大阪公演》

公演日程：2021年7月30日（金）
〜8月1日（日）
会場：オリックス劇場
主催：サンライズプロモーション大阪

《福岡公演》

公演日程：2021年8月9日（月・祝）
〜8月11日（水）
会場：久留米シティプラザ
主催：RKB毎日放送

あとがき

私の実家は、田んぼ8割、畑2割に囲まれた土地でした。近くに牛舎もありました。畑には、肥料のために牛のうんちが山盛りにして置いてありました。小学2年生のある大雪の日、私は友達のケンイチ君と下校中に、雪山をみつけて「へいへいへいへいへいー!」とか言いながら駆け上がりました。すると足の感触がなにか変。雪の下がうんちの山だと気づいた時には、長靴がすっかりはまって抜けなくなってしまいました。仕方なく長靴は諦め、靴下だけになって雪山を下りようとしましたが、一歩進む度に、足はずぼりと雪を通り越してうんちまで到達し、次第に靴下もうんちに絡め取られ、私は裸足で家まで帰るはめになりました。もちろんうんちまみれの裸足。

友達のケンイチ君は、そんな私が怖くなったのか、次第に歩くスピードを早めて、ついには私を置いて帰ってしまいました。裸足で歩く自分と雪のあぜ道を小さくなっていくケンイチ君の姿が、俯瞰の位置からの映像で脳裏に焼き付いています。

中学の時、剣道部に入ってました。数駅先にある別の学校で試合があるので、部の一同で電車で向かっていたんですが、部員のナカムラ君がつり革を握り立ったままの姿勢で突然うんちを漏らしたんですね。制服の足もとから茶色いものがぶりぶりと出てきてしまい……。みんなびっくりして、気づかないふりをしました。ナカムラ君は、次の駅で「おばあちゃんが死んだ気がするので帰ります」と言って降りてしまいました。無茶苦茶な理由ですが、引き留めるのも可哀想なので帰ってもらいました。

翌日、少しいじる余裕も生まれたので、ナカムラ君を「うんこ大丈夫だった？」とからかったら、「僕は昨日、試合に行ってないし、みんなと電車にも乗ってない」と言い張られまして。それをあまりにも自信満々に言うので、段々自分の記憶がおかしいんじゃないかとか、昨日うんちを漏らしたのは自分で、あまりの恥ずかしさに記憶を捏造してナカムラ君のせいにしたんじゃないかとか考え出し、あげくにみんなが陰で「うんこもらし」というあだ名で自分を呼んでいる気がして数日学校を休んだりと、なかなかの思春期っぷりでした。

2つのうんちの思い出を書きました。自分の創作が、それに触れた人の、それぞれの記憶と呼応できたら嬉しいと思っているので、この戯曲を読んで、みなさまのうんちの思い出を呼び覚ますことが出来ていたら幸いです。

福原充則

二〇二一年六月

著者略歴

福原充則

ふくはら・みつのり

1975年生まれ。2002年、ピチチ5（クインテット）旗揚げ、主宰と脚本・演出を務める。また、「ニッポンの河川」、「ベッド&メイキングス」など複数のユニットを立ち上げ、幅広い活動を展開する。『あたらしいエクスプロージョン』で第62回岸田國士戯曲賞を受賞。代表作に『墓場、女子高生』、『サボテンとバントライン』、『俺節』、『七転抜刀！戸塚宿』など。また、NTV『視覚探偵 日暮旅人』、『ヒーローを作った男石ノ森章太郎物語』、BSジャパン『極道めし』などテレビドラマの脚本も多数執筆し、2015年公開の『愛を語れば変態ですか』で映画初監督。また、2019年に社会現象となった大ヒットドラマ『あなたの番です』では、脚本全20話を執筆し、2021年12月には劇場版の公開が控える。

装幀　アルビレオ

挿画　ヘリ・ドノ

Pengadu Domba (The Instigator)
2017 紙にコラージュ、アクリル絵具 78.5×66cm
撮影：Agni Saraswati

衛生《えいせい》
リズム&バキューム

2021年7月20日　初版印刷
2021年7月30日　初版発行

著　者　福原充則
発行者　小野寺優
発行所　株式会社河出書房新社
〒151-0051 東京都渋谷区千駄ヶ谷2-32-2
電話　03-3404-1201（営業）03-3404-8611（編集）
https://www.kawade.co.jp/

組版　株式会社キャップス
印刷　株式会社暁印刷
製本　加藤製本株式会社

Printed in Japan　ISBN978-4-309-02967-2